JEAN CHARRUAU

L'ESCLAVE DES NÈGRES

Saint Pierre CLAVER

de la Compagnie de Jésus

PARIS

PIERRE TÉQUI, LIBRAIRE-ÉDITEUR

82, rue Bonaparte, 82

1914

PREMIÈRE PARTIE

L'APOTRE DES NÈGRES

JEAN CHARRUAU

L'ESCLAVE DES NÈGRES

Saint Pierre CLAVER

de la Compagnie de Jésus

PARIS

PIERRE TÉQUI, LIBRAIRE-ÉDITEUR

82, rue Bonaparte, 82

1914

Nihil obstat :

Alexandre Brou.

Imprimatur :

Parisiis, die 21ᵃ julii 1913.   H. Odelin, vic. gén.

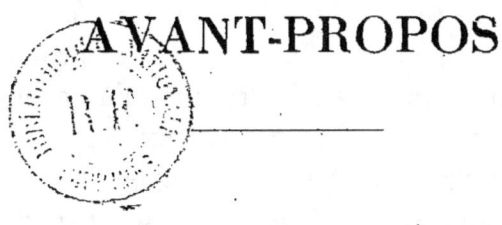

AVANT-PROPOS

En 1654, le 8 septembre, mourait à Cartagène (1), à l'âge de soixante-quatorze ans, un religieux de la Compagnie de Jésus, que l'Eglise a mis au rang des Saints (2).

Pendant plus de quarante années, sans repos ni trêve, Pierre Claver s'est dévoué au salut corporel et spirituel des nègres esclaves, dont il s'était constitué le défenseur et le père.

Impossible de se rappeler, sans être ému jusqu'aux larmes, à quel degré d'héroïsme le portait sa charité envers ces misérables créatures, soumises trop souvent par des maîtres sans entrailles aux traitements les plus inhumains.

(1) Dans l'Amérique méridionale.
(2) Le 15 janvier 1888.

1

Pour marquer mieux sa volonté inébranlable de demeurer, toute sa vie, à moins d'un
ordre de l'obéissance, attaché à la croix où
l'amour le tenait captif, il avait ajouté à la
formule de sa profession, cette promesse
effrayante, qu'il réalisera jusqu'à la mort,
dans le sens le plus rigoureux du terme :
Pierre, esclave des nègres pour toujours.

Et voici qu'en faveur du martyr de la
charité les cieux s'abaissent; sous ses pas
le prodige éclate; les merveilles de la grâce
s'épanouissent à profusion; près de quatre-
cent mille âmes lui devront la bienheureuse
éternité.

Béatifié par Pie IX, au milieu du siècle
dernier, canonisé par Léon XIII, en 1888,
Claver vient d'être enfin déclaré par le même
pontife, protecteur spécial de toutes les
missions chez les nègres.

L'Eglise a heureusement choisi son heure.

L'extension extraordinaire des œuvres
catholiques africaines, depuis ces cinquante
dernières années, a poussé Léon XIII à cons-
tituer saint Pierre Claver chef et patron de
cette nouvelle et pacifique croisade entre-
prise par la chrétienté pour conquérir à la

liberté des enfants de Dieu la race noire, si longtemps esclave et martyre.

Aujourd'hui, comme hier, notre France est au premier rang de cette phalange héroïque de missionnaires et de vierges, qui à la voix du vicaire de Jésus-Christ marche sur les pas de saint Claver, l'incomparable apôtre qui aima les nègres jusqu'à en mourir (1).

Et pourtant nous pouvons dire que l'âme magnanime, dont nous écrivons l'histoire, est encore assez peu connue, surtout dans notre pays, du plus grand nombre des fidèles.

Je voudrais, pour mon humble part, contribuer à faire aimer cette vie si belle, heureux si je pouvais exciter, ne fût-ce que dans un seul cœur, le désir efficace de suivre la trace de Claver, en annonçant la vérité à ces pauvres, à ces petits, pour lesquels le Fils de Dieu a donné son sang.

Paris, ce 9 septembre 1913, en la fête de saint Pierre Claver.

(1) La Société de Saint-Pierre-Claver a pour but spécial de venir en aide aux missions africaines.

Parmi les biographes de saint Claver nous citerons, par ordre de dates, le P. Fernandez qui écrivait à Madrid, trois ans seulement après la mort du serviteur de Dieu.

Bien que composé sur des témoignages contemporains dignes de toute confiance, cet ouvrage n'a pourtant pas, la première édition du moins, une grande valeur historique, puisqu'il a été écrit avant la rédaction des procès-verbaux constatant les vertus et les miracles de l'apôtre de Cartagène.

Ce n'est qu'après 1657 que les informations juridiques furent commencées, pour se poursuivre sans interruption jusqu'en 1660. Nous sommes ici en présence de pièces absolument authentiques : dépositions faites sous la foi du serment, par des personnes dont nul ne pouvait soupçonner ni la bonne foi ni la science.

C'est de cette source parfaitement sûre qu'est sortie la nouvelle édition de l'œuvre de Fernandez (Saragosse, 1666).

La vie (italienne) écrite par le P. de Lara (1748), chargé de la poursuite de la cause, est presque entièrement conforme, pour les faits et les miracles, à celle de Fernandez; en outre, elle a sur celle-ci l'avantage d'avoir été tirée des procès juridiques dressés à Rome pour la Béatification du P. Claver.

Fleurian, le plus ancien des écrivains français ayant traité le même sujet, a profité heureusement des recherches de ses devanciers (1). Il se recommande, comme eux, par un vrai souci de l'exactitude historique. Avouons que ses procédés de composition ont un peu vieilli.

La plupart des biographies modernes de notre saint sont loin d'être sans valeur; mais le cadre restreint de cet opuscule ne nous permet pas de discuter leurs mérites. Nous n'avons entrepris qu'un ouvrage court et populaire. Nous espérons pourtant qu'il pourra faire quelque bien.

(1) Il écrivait vers le milieu du xviiie siècle. Nous lui ferons plus d'un emprunt.

CHAPITRE PREMIER

NAISSANCE ET PREMIÈRE ÉDUCATION. — BAR-
CELONE. — ENTRÉE DE SAINT PIERRE CLAVER
DANS LA COMPAGNIE DE JÉSUS.

Saint Pierre Claver naquit en 1580 (1), le vingt-sixième jour de juin, au bourg de Verdù, près la *Seu d'Urgel,* au diocèse de Solsona en Catalogne.

Issu d'une des plus nobles races de la province (2), il avait hérité de ses parents un bien plus précieux, la foi, qu'ils mirent un soin jaloux à faire naître et grandir dans le cœur de leur enfant.

(1) C'est, du moins, la date la plus probable, bien que certaines traditions retardent la naissance de notre saint jusqu'à l'année 1586.

(2) Les Claver ne possédaient, croyons-nous, qu'un patrimoine assez médiocre, en tout cas très inférieur à leur rang social.

Dès ses plus tendres années, le petit Pierre aspirait avec ardeur au bonheur d'être prêtre, et sans influencer en rien cette vocation sainte, qui comblait leurs plus chers désirs, son père et sa mère rendaient à Dieu de ferventes actions de grâces des dispositions de leur fils unique.

La vertu, surtout chez les Saints, s'acquiert toujours de haute lutte. Pourtant le jeune Claver se montra, dès la première heure, si parfait en toute rencontre, qu'on eût été tenté de croire que la victoire ne lui coûtait pas.

Les contemporains de son premier âge ont gardé le souvenir du gracieux adolescent aux beaux yeux noirs et vivants, affable et gai, ardent au jeu comme à l'étude, qui avait conquis d'emblée, d'abord leur sympathie, puis bientôt après leur estime et leur amitié.

Sa piété était vaillante, énergique. Sa dévotion envers Marie rappelait celle de Stanislas et de Louis de Gonzague. Comme eux, saintement ennemi de lui-même, le petit Pierre se faisait une guerre sans merci, châtiant avec rigueur ses plus légères fautes.

Si le progrès de l'âge répondait à ces généreux débuts, Claver serait un héros; mieux encore, il serait un saint.

Dans ses entretiens avec ses jeunes compagnons, il aimait, paraît-il, à rappeler l'adage antique : « L'homme n'oublie jamais ce qu'il apprend au seuil de la vie; il retrouve, à la mort, les impressions du jeune âge. »

Cependant le temps était venu où l'enfant devrait commencer le cours régulier des études classiques. Désormais le magister de Verdù n'a plus rien à lui apprendre; les parents de Pierre se reprochent d'avoir déjà trop tardé.

Son oncle paternel, chanoine de l'église de Solsona, possédait dans le diocèse un très riche bénéfice, qu'il avait l'intention de résigner, un jour, en faveur de son neveu. Il offrait, en attendant, de subvenir à tous les frais de son éducation.

Sans doute, sous les yeux du vénérable ecclésiastique, dans le nid charmant que lui eût fait une aimable providence, le jeune clerc se fût doucement, trop doucement peut-être, initié aux sciences sacrées et pro-

fanes; mais ses parents avaient rêvé pour
leur fils un idéal plus élevé; ils avaient caressé
l'espoir qu'il arriverait, dans l'Église, aux
dignités les plus hautes. Ils s'étaient dit
qu'au sein des écoles publiques il pourrait
faire un meilleur emploi des dons éminents
qu'il avait reçus. D'ailleurs, le caractère de
leur enfant, sa piété plus qu'ordinaire leur
inspirait pleine confiance. Il affronterait,
sans risque pour sa foi, sans danger pour sa
vertu, l'atmosphère parfois périlleuse des
grandes universités.

Après de mûres réflexions, le départ du
jeune Claver fut résolu.

Il avait quinze ans, quand il commença
de suivre les cours de l'Université de Barcelone. Il venait de recevoir la tonsure des
mains de l'évêque de Vicence (8 décembre
1595).

Plusieurs années se passèrent dans l'étude
et la prière, années fécondes, où la vertu
comme le savoir du jeune étudiant bril-
laient, chaque jour, d'un plus vif éclat.
Jamais, même aux heures où la fougue de
l'âge est, chez les jeunes gens, le plus allu-
mée, nul ne le vit se plaire aux divertisse-

1.

ments mondains. On eût pu dire de lui,
comme jadis on l'avait dit de saint Basile et
de saint Grégoire de Nazianze, qu'il ne
connaissait dans la ville d'autre chemin que
celui de l'église et celui de l'école.

Après les heures laborieuses de la journée,
son plus grand plaisir était de s'entretenir
avec les Pères de la Compagnie de Jésus,
qui, depuis quelques années, avaient ouvert
un collège à Barcelone. Le jeune Claver
aimait à converser avec eux des choses
divines, où déjà son âme trouvait un charme
puissant.

Il se confessait à l'un deux, lui ouvrant
sa conscience avec une candeur d'enfant,
accueillant ses avis avec le plus profond respect, comme si ses paroles eussent été celles
de Dieu lui-même.

Il n'avait jamais fait mystère de sa vocation sacerdotale. Déjà l'évêque de Barcelone (1) lui avait conféré les Ordres mineurs.
Ravi de sa science et de sa modestie, le
prélat n'avait pas de plus cher désir que de
s'attacher ce pieux et brillant sujet, qui

_____

(1) Don Ildefonso de Coloma.

donnait à l'Église de si magnifiques espérances.

Cependant, depuis plus d'un an Pierre mûrissait un projet dont il n'avait encore parlé à personne. Pénétré d'estime et d'amour pour la Compagnie de Jésus, il suppliait Dieu, dans le secret de son cœur, de lui faire la grâce de vivre et de mourir dans cet institut. Mais il était si humble, si éloigné de se trouver digne de l'appel divin, qu'il regardait comme une folie d'en concevoir même la pensée.

Un jour, enfin, après avoir bien longtemps prié, il se décida à s'ouvrir à son confesseur. Le Père lui conseilla de parler aux supérieurs de ses intentions, et d'attendre en paix la manifestation de la volonté divine.

Le P. Provincial lui fit répondre que la vocation étant une œuvre toute de Dieu, il fallait prendre le temps de l'examiner sérieusement.

Au bout de quelques mois il acquiesça aux vœux du jeune postulant, à la condition que celui-ci obtiendrait d'abord le consentement de son père et de sa mère.

En recevant la lettre de leur fils, les

pauvres parents furent, d'abord, atterrés. Ils
étaient si loin de s'attendre à cette ouver-
ture qui contrariait si fort toutes leurs
espérances !

Mais pas un seul instant le murmure
n'effleura leurs lèvres. Ils étaient si chrétiens, tous deux, et comprenaient si bien
les droits de Dieu sur les âmes !

Pourtant cette heure était cruelle, et leurs
cœurs furent déchirés. Mais très vite ils se
ressaisirent, et ce fut du plus profond de
leur âme qu'ils rendirent grâces à Dieu du
choix qu'il avait fait de leur unique enfant.

Après un premier sursaut de la nature,
ils avaient compris qu'ils devaient aimer
leur fils, pour Dieu d'abord, et puis pour
lui-même, et que le bienfait de la vocation
religieuse est cette perle précieuse de l'Évangile, que l'homme ne peut payer trop cher
de toute sa fortune.

Ils virent enfin qu'elle était pour eux-
mêmes un trésor inestimable, une grâce
insigne, dont chaque jour ils sentiraient
mieux le prix. La foi les soutint dans cette
ascension qui surpasse de si haut les forces
de la nature, parce qu'elle est un don du

Saint-Esprit. Le soir même, ces parents chrétiens envoyaient à leur fils leur bénédiction, le laissant pleinement libre de suivre l'appel divin.

Claver venait d'accomplir sa vingt-deuxième année. Tout lui souriait : la vie, la jeunesse, l'avenir..., mais, selon la belle parole de saint Grégoire-le-Grand, « Le monde se dessécha dans son cœur, lorsqu'au-dehors il verdoyait ».

CHAPITRE II

LE NOVICIAT DE TARRAGONE. — PÉLERINAGE
A NOTRE-DAME DE MONT-SERRAT. — LES
PREMIERS VŒUX.

C'est le 7 août 1602 que Pierre Claver
entra au noviciat des Jésuites. Il y fut reçu
avec une grande joie par tous ceux qui
l'avaient connu à Barcelone. Dieu, disait-on,
avait fait une grâce insigne à la Compagnie,
en lui donnant un fils d'un tel mérite et d'une
telle vertu.

Vive était sa reconnaissance pour le bienfait de sa vocation, vive aussi sa crainte de
perdre ce précieux trésor. Dès lors, il prit
l'habitude de demander, chaque jour, par
Marie, la grâce de la persévérance.

Dès la première heure il se sent *chez lui*, tant il se trouve dans le cadre qui lui convient.

Il n'y avait rien à lui apprendre, nous disent les contemporains de sa jeunesse religieuse, rien à réformer non plus. Il nous était donné, par une grâce de choix, de voir le pur esprit de notre père Ignace resplendir dans ce saint novice, qui, à peine entré parmi nous, se montrait le modèle insigne des vertus de notre état. Jamais on ne le vit manquer à la plus minime observance. Il était la règle vivante ; et ce qui est surtout admirable, c'est que tout le reste de sa vie répondit à ces merveilleux débuts.

Le P. Gaspard Sobrino, qui fut provincial de Catalogne, avait été conovice du P. Claver : « Je le retrouve ici, disait-il un jour aux Pères de Cartagène, *aussi novice* que je le vis à Tarragone. »

En effet, ni l'âge, ni les grands services rendus à ses frères ou aux étrangers, ni les louanges unanimes dont il était l'objet, ni la vénération publique, ni l'éclat même des miracles, ne l'empêchèrent jamais de se regarder comme le dernier des religieux, indigne même d'avoir sa place dans la Compagnie.

Il s'était persuadé que le cours tout entier de la vie religieuse dépend presque toujours de ses débuts. Aussi s'appliquait-il, avec le secours de la grâce, à tendre le plus tôt possible à une haute perfection.

On remarquait surtout son attention constante à voir Dieu dans la personne du supérieur. Ce fut certainement, toute sa vie, une des caractéristiques de sa vertu.

« Tout ce que je puis dire de lui, écrivait le P. Parrégas, qui l'avait intimement connu, c'est qu'il était modeste, officieux, affable avec tout le monde, ne se plaignant jamais de personne, parlant toujours ou de Dieu ou de choses capables de contribuer à l'avancement spirituel de ceux qui l'entendaient. Nul n'était plus humble dans toutes ses manières, plus obéissant aux supérieurs, plus exact dans les observances de la discipline. Je ne crains point d'assurer que jamais je ne lui ai vu manquer à la moindre règle. Ainsi je ne suis pas surpris qu'ayant mené une vie si sainte, il fasse des miracles après sa mort. »

Nous pensons qu'on nous saura gré de

noter quelques-unes des résolutions qu'avait prises le jeune religieux, au début même de son noviciat.

« Je m'appliquerai, dit-il, à chercher Dieu en tout et à le trouver en tout.

« J'emploierai toutes mes forces à acquérir une parfaite obéissance intérieure et extérieure, soumettant mon jugement et ma volonté au jugement et à la volonté du supérieur, comme à la personne même de Jésus-Christ Notre-Seigneur.

« Je tâcherai d'agir, toujours et en tout, pour la plus grande gloire de Dieu.

« Je ne dois rien chercher en ce monde, que ce que Notre-Seigneur Jésus-Christ lui-même y a cherché. Ainsi, comme il est venu ici-bas pour sauver les âmes et mourir pour elles sur la croix, ainsi pour gagner les âmes à Jésus-Christ Notre-Seigneur, je dois m'offrir avec allégresse à toute souffrance et à tout genre de mort, recevant quelque affront et humiliation que ce soit. »

Bien des novices, dira-t-on, peut-être, ont pris d'aussi belles résolutions... C'est vrai, mais la différence, c'est que celui-ci les a tenues jusqu'au bout.

Pendant son noviciat Pierre fut envoyé
par ses supérieurs, avec deux de ses Frères,
au sanctuaire de Notre-Dame de Mont-Serrat,
où il eut la joie de fouler la trace du vénérable P. Ignace, qui, un siècle plus tôt, au
début de sa conversion, était venu supplier
la Reine du ciel de bénir la vie nouvelle
qu'il allait lui consacrer (1).

Pendant les trois journées bénies que
Claver demeura dans l'abbaye bénédictine,
son désir de ne rien refuser à Dieu et sa
dévotion à Marie prirent de merveilleux
accroissements. Mont-Serrat était, à ses
yeux, la terre privilégiée, bénie entre toutes,
et chaque fois que dans la suite de sa vie,
parvenu même à un âge très avancé, il venait
à se rappeler ce bienheureux pèlerinage, il
versait de si douces larmes qu'on sentait que
son âme avait goûté là, d'ineffables délices,

---

(1) C'est en 1603, l'année même où saint Pierre Claver
fit son pèlerinage à Notre-Dame de Mont-Serrat, que Dom
Nieto, le Révérendissime Abbé du monastère, fit placer à
l'entrée du cloître, une plaque de marbre rappelant
qu'Inigo de Loyola avait fait là sa veillée d'armes, et passé
en prière la nuit du 25 mars 1522.

Béatifié le 27 juillet 1609, par le Souverain Pontife
Paul V, le fondateur de la Compagnie de Jésus fut canonisé,
treize ans plus tard, par Grégoire XV.

dont le souvenir, après cinquante années, le ravissait encore d'amour.

Marie, dans son sanctuaire, avait à son insu revêtu son enfant d'une armure divine pour le préparer aux merveilleux combats où Dieu allait l'engager bientôt.

Pierre descendit de la sainte montagne, plus que jamais résolu à travailler de toutes ses forces pour la plus grande gloire de Dieu et le salut du prochain. Mais le Seigneur ne lui avait point encore montré le champ immense qui allait s'étendre devant lui. Tout annonçait qu'il serait un religieux d'une vertu plus qu'ordinaire. Mais à quelle hauteur de courage la grâce allait le porter, combien de milliers d'âmes il donnerait à l'Église sa mère, Claver ne s'en doutait pas.

Il fit ses premiers vœux, le 8 août 1604, deux ans après son entrée dans la Compagnie. En les prononçant, il versa une si grande abondance de larmes, qu'il eut grand'-peine à achever la formule.

Il s'attendait à partir pour le collège de Girona, avec les jeunes religieux qui devaient s'y préparer à l'enseignement des belles-

lettres ; mais les supérieurs le retinrent deux
mois de plus à Tarragone, pour qu'il servît
encore d'exemple aux novices. Lui seul prit
le change, convaincu qu'on avait très justement reconnu qu'une formation plus longue
lui était indispensable.

Dans le courant d'octobre (1604), il fut
enfin envoyé à Girona pour continuer les
études commencées à Barcelone ; mais
bientôt ses maîtres le virent si avancé dans
la connaissance des belles-lettres, qu'ils lui
confièrent en partie, cette année-là même; le
soin de ses jeunes Frères du juvénat. Il eut
bientôt l'occasion de débiter, devant un
auditoire d'élite, plusieurs discours grecs et
latins très remarqués par les meilleurs juges.

La province de Catalogne applaudissait
d'avance aux succès d'un humaniste de
premier ordre ; mais le bon Dieu allait
donner un père aux nègres de Cartagène,
qui, du fond de leurs geôles brûlantes,
clamaient vers Lui.

CHAPITRE III

Après avoir achevé ses études littéraires, Claver fut envoyé par ses supérieurs dans l'île de Majorque, où il devait commencer son cours de philosophie. Il y arriva le 11 novembre 1605.

Dieu avait réservé à son serviteur, pour cette époque de sa vie, une grâce de choix qui fut le principe de sa merveilleuse sainteté.

Il y avait, à Majorque, au collège de Montésion, un pauvre Frère coadjuteur, déjà très avancé en âge, et en grande réputation de vertu. Le Frère Alphonse Rodriguez était portier depuis quarante ans (1).

(1) Le Frère Alphonse avait 74 ans, quand saint Claver aborda dans l'île de Majorque.

Il avait plu à Dieu d'exalter par l'éclat des miracles la vie de son serviteur : le Frère était consulté non seulement par les gens de condition modeste, mais encore par de très grands personnages. Théologiens, philosophes, prélats, hommes constitués en charges ou en dignités, venaient en toute confiance réclamer le secours de ses prières et de ses conseils.

Les faveurs les plus extraordinaires étaient dues à son intercession. La Reine du Ciel elle-même se plaisait à manifester qu'elle avait pour agréables les prières du Frère Alphonse. Le saint vieillard était vraiment l'enfant gâté de Marie. Ajoutons que Dieu élevait souvent le pauvre Frère à un degré sublime d'oraison, au point qu'on peut dire, sans aucune exagération, qu'il n'y eût, dans l'Eglise de Dieu, qu'un très petit nombre de saints favorisés de grâces aussi merveilleuses.

C'était une fête pour notre jeune philosophe de se dire qu'il allait voir et fréquenter un religieux d'une telle vertu. Il se promettait de profiter à cette divine école, et durant tout le cours du voyage il supplia Notre-

Seigneur de ne permettre pas que la présence d'un saint, au collège de Montésion demeurât sans fruit pour son âme.

A peine eut-il salué son nouveau supérieur, qu'il lui demandait la permission d'entretenir longuement le Frère Alphonse, et dès la première entrevue ces deux âmes merveilleusement belles se sentirent mutuellement liées pour la vie par la charité ardente que l'Esprit-Saint formait dans leur cœur.

Claver était ravi de connaître enfin ce vénérable vieillard, en qui Dieu lui faisait pressentir le maître qu'Il lui avait choisi. Alphonse n'était pas moins heureux de trouver dans un religieux si jeune encore un cœur si ouvert à la charité divine, et de verser dans cette âme déjà si chère la plénitude des dons que lui-même avait reçus.

Ils convinrent dès lors qu'ils s'entretiendraient très fréquemment des choses divines, à une heure fixe assignée par le supérieur, de façon que tous deux pussent vaquer sans inconvénient à tous leurs devoirs d'état.

Ainsi se noua, pour le plus grand profit de leurs âmes, cette amitié sainte qui devait si puissamment contribuer à la gloire de Dieu et au salut de tant d'infidèles.

« Ah! mon cher Alphonse, dira souvent le jeune religieux à son maître, avec la confiance et le respect du fils le plus aimant, comment donc pourrai-je enfin servir tout de bon Jésus-Christ Notre-Seigneur?

« Enseignez-le moi, vous, puisque vous le savez!

« Dites-moi, je vous en prie, ce que je dois faire pour lui plaire. Il me donne d'ardents désirs d'être à Lui pour toujours et sans réserve; mais je ne sais pas comment m'y prendre. »

Rien ne peut rendre l'affection que marquait Alphonse à son fils en Jésus-Christ, ni la ferveur des prières qu'il adressait au Ciel pour la perfection de cette âme si chèrement aimée.

Il eut bientôt la consolation de comprendre combien son disciple était agréable à Dieu.

« Un jour (1) qu'il intercédait pour lui en présence de la divine Bonté il tomba dans un ravissement sublime et fut élevé en esprit au séjour des Bienheureux.

(1) *Vie de saint Claver*, par le P. Fleuriau.

« Là, son ange gardien lui fit voir les trônes resplendissants, décrits par saint Jean dans l'Apocalypse, occupés par des personnages éclatants de gloire et de majesté.

« Parmi ces sièges merveilleux, il en vit un d'une richesse et d'une beauté sans égale.

« Alphonse désirait vivement comprendre ce mystère, savoir à qui, parmi ses serviteurs, Dieu réservait ce trône entouré de tant de splendeurs?

« Cette place, lui dit l'ange, a été préparée pour ton disciple Claver, en récompense de ses grandes vertus et des âmes innombrables qu'il gagnera à Dieu dans les Indes occidentales... et la vision disparut (1). »

Impossible d'exprimer la joie d'Alphonse en apprenant que son fils bien-aimé était destiné par le Seigneur à tant de gloire et de bonheur pour l'Eternité. Toutefois il ne voulut rien dire à Claver de cette révélation,

---

(1) D'après une tradition fort sérieuse, ce fut notre Père saint Ignace qui révéla à saint Rodriguez quelle glorieuse couronne était réservée à son disciple Claver.

Dès ses premiers pas dans la vie religieuse notre saint avait voué au fondateur de la Compagnie de Jésus une dévotion ardente, un culte filial, dont il a donné toute sa vie des marques touchantes. L'esprit d'Ignace avait passé dans l'âme de Claver avec une merveilleuse surabondance.

et se contenta de la découvrir à son propre
confesseur, de qui on le sut depuis.

Pressé par un mouvement de l'Esprit-Saint,
Rodriguez avait gardé au fond de son
âme le mystère qui lui avait été révélé ; mais
dès lors il commença à vénérer plus profondément son disciple, en qui sa foi lui montrait un privilégié du Seigneur, un émule de
Xavier, un second apôtre des Indes, qui
devait, comme le premier, envoyer au ciel
une innombrable moisson d'élus.

Les colloques intimes devinrent plus fréquents ; l'amitié des deux saints se fit plus
étroite, ainsi que leur ardeur à s'employer
sans relâche au service de Dieu.

Le Frère Alphonse voyant un jour Claver
rentrer au collège avec un de ses jeunes
compagnons : « Voyez-vous, dit-il à un Père
qui s'entretenait à ce moment avec lui,
voyez-vous ces deux religieux qui viennent
vers nous ? Ils iront dans les Indes, où ils
feront de grands fruits dans les âmes. »

Et cependant Pierre n'avait encore aucune
idée du ministère auquel Dieu le destinait.

Peu de temps après son arrivée à Majorque, il eut occasion de sortir de la maison

avec un autre étudiant pour accomplir je ne
sais quel ordre du supérieur. Soudain le
F. Alphonse les arrêta près de la porte en
faisant sur eux le signe de la croix : « Son-
gez, leur dit-il, que les trois personnes de la
Sainte Trinité vous accompagnent. »

À ces mots le vieillard fut saisi d'un ravissement qui le priva sur le champ de l'usage
de ses sens. En même temps Claver se sentait pénétré d'un amour sensible de la divine
Majesté, au point qu'il ne pouvait plus faire
un pas et qu'il fut sur le point de rentrer à la
maison. Se disant pourtant que le supérieur
l'avait envoyé, et qu'il devait obéir, il supplia
Dieu de modérer la ferveur de la consolation
sensible. Sa prière fut exaucée ; mais l'impression de la grâce demeurait si vive en lui,
qu'à chaque instant il était obligé à un nouvel effort, pour l'accomplissement de l'ordre
donné.

Dans le courant de l'année 1608, Pierre
avait été désigné pour la *soutenance* d'un *grand
acte* de philosophie. Il s'y distingua avec tant
d'éclat qu'il se concilia tous les suffrages.
Sa modestie, dans cette journée, ne brilla pas
moins que sa science.

Cependant le temps était venu pour lui de commencer ses études théologiques au scolasticat de Barcelone.

Ce fut alors que le Frère Alphonse, éclairé déjà d'une lumière surnaturelle, relativement aux desseins de la Providence sur son disciple, lui fit connaître que Dieu le voulait aux Indes.

« Jésus-Christ, lui dit-il, (1) n'est connu que d'un très petit nombre d'hommes, parce qu'on ne trouve personne pour annoncer son saint Nom. Quelle douleur pour nous, que tant d'âmes se perdent, parce qu'on ne fait aucun effort pour les sauver ! On voit tant d'ouvriers inutiles où il y a peu de moisson à recueillir, et où la moisson est abondante, il y a si peu d'ouvriers ! Combien d'élus n'enverraient pas au ciel tant de prêtres qui restent oisifs en Europe ! La charité ne peut-elle donc pas aller sur ces mers, que la cupidité a depuis si longtemps ouvertes ? Il arrive dans les ports d'Espagne des flottes entières chargées de leurs trésors. Quelle multitude d'âmes n'y pourrait-on pas conduire au Ciel !

(1) *Vie du P. Claver*, par le P. Fleuriau.

« O Frère bien-aimé, ajoutait le Frère Alphonse, si vous aimez Jésus-Christ, allez aux Indes gagner tant de milliers d'infidèles, qui s'y perdent pour l'Eternité! »

Ces paroles de son saint ami avaient pénétré Claver d'un feu dévorant. Sûr désormais que la volonté de Dieu s'est manifestée à lui par la bouche du Frère Alphonse, il écrit à son provincial pour lui demander la mission des Indes. Déjà il brûle de partir; l'obéissance seule pourrait l'enchaîner désormais.

Le supérieur, pourtant, veut éprouver cette vocation, l'examiner à loisir. En attendant, Claver devra commencer, à Barcelone, son cours de théologie.

Ce fut pour les deux amis une peine très vive, de se quitter pour toujours. La soumission à la volonté divine put, seule, en tempérer l'amertume. Mais, c'était pour le maître et le disciple un puissant réconfort de penser qu'ils allaient s'acheminer tous deux, l'un en réalité, l'autre par l'ardeur de ses désirs, vers ces Indes où l'Esprit-Saint les portait. On l'a dit, en effet, très justement : si c'est Claver qui est allé aux Indes, c'est Rodri-

guez qui y a envoyé Claver; et tous deux, à
des titres différents, méritent d'être appelés
les apôtres de Cartagène.

Au moment du dernier adieu, le saint
vieillard remit à son bien-aimé disciple
quelques petits livres spirituels, qu'il avait
composés lui-même. Le jeune religieux les
avait déjà lus souvent et annotés avec le
plus grand soin; mais il reçut avec une joie
d'autant plus vive le présent de son ami,
que le cadeau était en même temps rare et
précieux, surtout pour ceux qui allaient
aux Indes, où l'on ne trouvait alors que très
peu de livres de dévotion.

Le recteur du collège, sachant que
beaucoup de personnes demandaient au
serviteur de Dieu ces petits volumes, avait
fait défense à qui que ce fût d'en emporter
un seul exemplaire, sans une permission
expresse. Le Frère Claver ignorait cette
mesure prise nouvellement par les supérieurs. Aussi, le Frère qui gardait la porte
à la place du F. Alphonse se saisit-il vivement des cahiers, déclarant au F. Claver
qu'il était défendu de les emporter sous
aucun prétexte. Le jeune religieux, qui

tenait extrêmement à son petit trésor, alla
sur le champ se mettre en règle, et obtint
facilement la permission désirée.

Claver conserva jusqu'à la fin de sa vie,
avec le plus profond respect, les opuscules
de son cher maître. Il avait recueilli lui-
même tout ce qu'il avait appris de vive voix
du Frère Alphonse, notant jusqu'au jour et
à l'heure où il l'avait entendu, et il portait
ce cahier sur lui, dans ses voyages, avec
les autres écrits du Saint.

Touchante et sainte amitié, que Dieu lui-
même a consacrée dans la gloire!

On sait que le Frère Alphonse Rodriguez fut béatifié par Léon XII, le 29 septembre 1824. Claver reçut la même couronne du Pape Pie IX, le 16 juillet 1850.
Enfin, ces deux grands saints devaient
obtenir, *le même jour*, du Souverain Pontife
Léon XIII, l'honneur suprême de la canonisation, le 15 janvier 1888.

Nos lecteurs nous sauront gré de donner ici un court abrégé des *Instructions de Rodriguez à Claver;* nous pensons qu'on ne les lira pas sans profit.

La plupart de ces maximes peuvent très bien convenir aux personnes vivant dans le monde.

Conseils de Rodriguez à Claver :

« Un religieux qui veut avancer dans la vertu doit s'appliquer à sè bien connaître. En se connaissant, on se méprise; en ne se connaissant pas, on s'enfle, on s'enorgueillit.

« Il faut parler peu avec les hommes, et beaucoup avec Dieu.

« Que dans tous les hommes il (le religieux) regarde Dieu, les honorant comme ses images. Mais qu'il prie surtout pour ceux qui l'ont offensé, et qu'il leur fasse plus de bien qu'il n'en a reçu de mal.

« Qu'il ait toujours Dieu présent au fond de son cœur, et que là il se fasse une espèce de retraite, où il lui demande sans cesse la grâce de ne le point offenser, et qu'il ne fasse ni ne dise rien sans l'avoir consulté.

« Qu'il regarde les louanges comme des outrages, en se rappelant le peu qu'il est aux yeux de Dieu. Qu'il aime les mépris, en vue de ceux que J.-C. a essuyés pour lui, et que dans les affronts il s'humilie, en pensant qu'il en mérite beaucoup plus encore pour ses péchés.

« Qu'il médite souvent les dernières fins de l'homme, et la mort en particulier ; que par là il s'anime à travailler et à souffrir, en considérant que bientôt il n'aura plus de temps pour mériter.

« Qu'il se rappelle souvent en détail la Passion de Notre-Seigneur et tout ce que ce bon Maître a souffert pour lui, et qu'il lui en rende de vives actions de grâces.

« Qu'il fuie soigneusement toutes les occasions où il est déjà tombé, et où il pourrait courir quelque danger de tomber.

« Qu'il détache son cœur de toutes les créatures, pour le donner tout à Dieu seul, et que pour augmenter en lui le feu de l'amour divin, il fasse chaque jour plusieurs actes de charité.

« Qu'il ait une tendre dévotion à la Très Sainte Vierge, la servant et l'aimant de tout son cœur; que plusieurs fois dans la journée il visite quelqu'une de ses images; qu'il récite exactement le chapelet et le petit office. Qu'il ne perde aucune occasion de marquer son zèle à cette bonne mère, par quelque petit service; surtout qu'il médite bien ses vertus et s'applique à les imiter.

« Qu'il honore les images des Saints, comme s'ils étaient présents eux-mêmes; qu'il se rappelle les vertus qui les ont distingués, la brièveté de leurs travaux et la durée de leur récompense.

« Qu'il étudie avec soin tout ce qu'il lui est nécessaire de savoir, en évitant toute étude curieuse et superflue.

« Qu'enfin il cherche Dieu en tout et partout, et il le trouvera toujours à ses côtés. »

CHAPITRE IV

Pendant que Pierre étudiait la théologie,
il ne cessait point de presser les supérieurs
de l'envoyer dans les Indes. Ses instances
furent si vives, que son provincial, le P.
Joseph de Villegas, craignant de s'opposer
par de plus longs délais à la volonté divine,
lui accorda enfin, dans les premiers jours
de 1610, la permission de partir pour sa
chère mission.

A la réception de l'ordre tant désiré,
Pierre tressaillit d'allégresse, et, dans l'exul-
tation de son cœur, lui toujours si modeste,
si maître de lui-même, courait comme hors
de sens, chez ses amis plus intimes, pour
leur faire part de son bonheur et recevoir

leurs félicitations. Il ne se lassait pas de
baiser la *bienheureuse lettre* du provincial,
s'offrant sans réserve dans la ferveur de son
âme, avec tous ses travaux, ses sueurs et
son sang, pour le salut des infidèles qu'il
allait évangéliser.

Le Père Général, Claude Aquaviva, venait
de créer, en 1605, une province de la Compagnie dans le royaume de la Nouvelle-
Grenade, et il avait voulu que chaque province d'Espagne contribuât à cette fondation,
en y envoyant quelques sujets d'élite.

Claver fut désigné par les Pères Aragonais,
et presque aussitôt après il recevait l'ordre de
se rendre à Séville, d'où il devait faire voile
pour Cartagène. Le P. Mexia était chargé
de conduire les jeunes missionnaires.

Il ne faut jamais se hâter de juger les
Saints. Quelques-uns, dans telle ou telle circonstance, ont pu agir d'une façon qui, à
première vue, eût semblé plus admirable
qu'imitable. Il y a des cas où il est possible
qu'ils se soient trompés sans le savoir, bien
que, devant Dieu, ils aient eu un mérite
immense à cause de la pureté de leur
intention.

Ainsi on dit que saint Claver, en partant pour l'Amérique, omit de visiter ses parents quoiqu'il n'eût pas une route bien longue à faire pour leur dire le suprême adieu.

Il y a là, semble-t-il, de prime abord, quelque chose d'outré, qui froisse et révolte. Jésus n'a-t-il pas pleuré sur Lazare, son ami?

Au moment même où le futur *esclave des nègres* infligeait à son père et à sa mère cette torture du cœur, un religieux qui devait partir en même temps que lui pour les Indes, fit tout exprès le voyage de Verdù pour les consoler. Il y réussit, grâces à Dieu, par l'éloge d'ailleurs si mérité qu'il fit en leur présence, des éminentes vertus de leur fils. Mais ce panégyrique même n'avivait-il pas leur douleur par le regret qu'ils devaient éprouver de n'avoir pu voir de leurs yeux ce qu'on publiait à sa louange?

Oui, les Saints peuvent quelquefois se tromper : faute héroïque, sans doute, que d'aucuns ont reprochée à Claver.

Mais en réalité, s'est-il trompé sur son devoir? Et Dieu ne lui demandait-il pas, dans cette circonstance, le sacrifice le plus

3

terrible à la chair et au sang, justement
pour le préparer à cette effroyable vie, qui
sera la sienne pendant plus de quarante
années? L'Esprit-Saint ne voulait-il pas
nous enseigner, par cet exemple magnanime, à quel degré d'héroïsme peut s'élever
l'homme avec le secours divin? La grâce, ne
l'oublions pas, est toujours proportionnée à
l'épreuve.

Aussi Dieu donnait-il, à cette heure
même, à Claver et à ses parents, la force de
porter cette lourde croix, qu'il ne leur eût
point imposée, s'il ne les avait sus capables
de l'accepter généreusement (1).

Au moment où il allait quitter sa patrie
sans esprit de retour, Dieu faisait goûter à
son serviteur une consolation bien douce.
Le Souverain Pontife Paul V venait de béati-
fier notre Père Ignace, et le P. Claver en
éprouva une joie intense; car depuis l'enfance
il avait pour le saint fondateur de la Compagnie de Jésus une dévotion toute filiale.

---

(1) On a dit que saint François-Xavier avait infligé à sa
mère une pareille douleur, en refusant d'aller la voir avant
de partir pour son grand voyage. Qu'il nous suffise de
répondre qu'elle était déjà retournée à Dieu, quand
l'apôtre des Indes partit pour Lisbonne.

Les contemporains nous signalent, à ce propos, un trait touchant de la vie de notre Saint.

Il était sur le point de partir pour l'Amérique, quand rentrant un soir au collège de Barcelonne avec un de ses compagnons, celui-ci l'arrêtant soudain. « Tenez, mon Frère, dit-il à Claver, voici justement la place où notre Père Ignace fut assailli avec tant de violence par quelques misérables, qui voulaient se venger de lui, parce qu'il avait entrepris de rétablir la piété et les bonnes mœurs dans un monastère perverti par leurs exemples. « Oui, mon Frère, ajouta d'un ton pénétré le jeune religieux, vraiment c'est ici, c'est bien ici ! »

Aussitôt Claver vivement ému, incapable de faire un pas, resta longtemps hors de lui-même, comme s'il eût assisté en réalité à l'infamant supplice enduré par le fondateur de la Compagnie de Jésus. On eût dit que Dieu lui montrait en esprit la gloire obtenue par notre Père, en récompense des injures et des coups supportés pour son amour.

Cependant le Père Mexia avait obtenu de

Sa Sainteté, la faculté de faire ordonner avant leur départ pour les Indes, ceux des missionnaires qui n'étaient point encore prêtres. Le séjour à Séville, où devait avoir lieu l'embarquement, se prolongeant depuis plus d'un mois, le supérieur pria l'évêque de procéder sans plus tarder à l'ordination.

Tous les jeunes missionnaires y consentaient bien volontiers, ravis de voir avancer l'heure après laquelle ils soupiraient depuis si longtemps. Claver, seul, supplia le P. Mexia de différer encore pour lui le moment de recevoir les Ordres sacrés. Il ne se sentait, disait-il, ni digne de cet honneur ni capable de remplir un tel ministère. Il priait donc instamment qu'on voulût bien attendre encore pour lui permettre de se mieux préparer. Il fit sa demande avec tant de candeur et une humilité si profonde que le supérieur, admirant tant de vertu, laissa l'Esprit-Saint conduire cette âme, visiblement appelée à une perfection plus qu'ordinaire. Claver était alors âgé de trente ans.

Durant la traversée, le serviteur de Dieu se dévoua, avec un zèle de tous les instants,

au soulagement corporel et spirituel des
malades et des infirmes, préludant ainsi à la
vie, toute d'abnégation, qu'il devait mener
aux Indes pendant tant d'années..

Sur le navire il sera vraiment l'ange
consolateur.

Bien qu'il n'eût point encore reçu l'onc-
tion sacerdotale, sa présence, avec celle du
prêtre, était, en cas de danger grave, récla-
mée toujours par les marins et les passagers.
Tous voulaient l'avoir à leur chevet, dans
les angoisses de l'agonie, et le mourant
expirait en paix, sous la bénédiction du
jeune religieux.

Personne, en sa présence, n'eût osé pro-
férer un blasphème ou un mot indécent.
Bien des fois, il suffisait, pour apaiser les
colères des hommes les plus emportés, de
les menacer de tout dire au P. Claver. Près
de lui, ce semble, matelots et passagers ne
redoutaient aucun péril; le navire et tout ce
qu'il portait était en sûreté.

En arrivant aux Indes (1), le P. Mexia, qui

(1) Les Pères abordèrent à Cartagène dans les premiers
jours d'août de l'année 1610.

avait apprécié, durant le voyage, la sainteté
et les talents du jeune missionnaire, était
presque décidé à le garder pour la mission
du Pérou où lui-même devait se rendre après
avoir touché terre en Nouvelle-Grenade.

Claver, enfant d'obéissance, attendait en
paix la décision du supérieur, néanmoins
au fond du cœur, il désirait ardemment sa
chère mission, depuis si longtemps pro-
mise à son zèle et où il prévoyait avoir tant
à souffrir pour Jésus-Christ et les âmes.

Tout bien considéré, le P. Mexia se
décida cependant à le laisser à Cartagène,
et l'ange de cette église dut tressaillir de
joie en voyant quel apôtre le bon Dieu
lui envoyait.

Il n'allait pourtant demeurer d'abord dans
cette ville que fort peu de temps. Comme il
devait encore étudier la théologie pendant
deux années, on le fit partir immédiatement, avec quelques scolastiques, pour
Santa-Fé de Bogota (1), où il devait continuer les études préparatoires au sacerdoce.

(1) La ville de Santa-Fé est éloignée de Cartagène de
deux cents lieues environ.

Pendant le voyage, qui se fit presque toujours à pied, et par de très mauvais chemins, les compagnons de Claver remarquèrent plus d'une fois, que si l'on rencontrait des nègres sur le chemin, Pierre les abordait avec de grandes démonstrations de tendresse, indiquant par ses gestes et l'expression de son visage (car il ne connaissait point leur langue) l'affection paternelle qu'il portait à ces êtres si méprisés des autres hommes, pour qui le bon Dieu lui faisait déjà un cœur de père.

La maison de Santa-Fé sortait à peine de terre, et les religieux vivaient dans une extrême pauvreté. Claver y passa une année entière, occupé aux offices domestiques et aux fonctions les plus humiliantes. Dix mois plus tard on le remettait aux études théologiques, pour lesquelles il avait montré jadis des dispositions si merveilleuses; mais aussitôt qu'il eut repris la vie d'étudiant, il se hâta d'écrire au P. Provincial pour le supplier de le laisser toujours dans le degré de Frère coadjuteur. Ce ne fut que sur l'ordre formel de son supérieur qu'il acheva enfin sa théologie.

Et pourtant Claver avait un zèle ardent pour le salut des âmes, qu'il aima toute sa vie avec passion. Combien donc l'humilité est-elle précieuse aux regards de Dieu, puisque, pour lui plaire, un apôtre tel que Claver était tout prêt à renoncer à l'apostolat direct et à passer sa vie dans les humbles emplois de l'obéissance, comme Jésus à Nazareth !

Le Père Antoine Augustin, qui avait été à Barcelone le professeur de théologie du P. Claver, et qui connaissait à fond le mérite et la vertu de son ancien élève, se trouvait alors à Santa-Fé, et son influence ne contribua pas peu, sans doute, à la décision des supérieurs. Pierre reprit donc encore une fois ses études, et bientôt il obtint les plus grands succès.

Sa théologie terminée, il subit un examen général sur toutes les parties de l'enseignement sacré. Il y montra une profondeur de vues, une méthode et une clarté qui ravirent tous ses auditeurs. Au début de l'épreuve, il s'était imaginé qu'on allait l'interroger seulement pour savoir s'il était capable d'être promu aux saints Ordres ;

mais, quand il comprit qu'il s'agissait de l'examen *ad gradum*, qui fixe le degré dans la Compagnie, quand il vit ses examinateurs unanimement ravis de sa modestie comme de sa science : « Eh! mon Dieu, s'écria-t-il tout confus, faut-il donc tant de théologie pour dire la messe et catéchiser quelques pauvres nègres! Si je m'étais douté de ce qu'on voulait me faire, ajouta-t-il avec candeur, je n'aurais rien répondu du tout, ou, du moins, j'aurais répondu plus mal. »

Claver fut ensuite envoyé au noviciat de Tunja pour y faire sa troisième année de probation.

On avait espéré qu'il s'y reposerait un peu, avant de commencer la rude vie qui l'attendait. Mais Claver pourrait-il jamais consentir à goûter quelque repos?

Le supérieur de la maison fut charmé de faire profiter ses novices de la présence de cet incomparable religieux, qui était pour eux, à Tunja, la règle vivante, comme il l'avait été à Tarragone, et dans toutes les maisons de la Compagnie où il avait séjourné déjà.

A Tunja encore, il trouva le moyen de

faire l'office de portier et celui de sacristain, sans préjudice de ses occupations ordinaires. Pour lui, la simplicité et la dévotion des novices le charmaient, naïvement convaincu que ces enfants le dépassaient de très loin dans le chemin de la perfection.

Après son *troisième an*, Claver revint à Cartagène et fut donné quelque temps pour compagnon au P. Nugnez, dans ses travaux apostoliques. Enfin, malgré sa résistance et toutes ses excuses, il fut ordonné prêtre l'année suivante, le jour de la fête de saint Joseph, 19 mars (1616). Il avait alors trente-six ans.

A cause de sa grande dévotion à la Très Sainte Vierge, il choisit, pour y célébrer sa première messe, une petite chapelle où l'on vénérait une statue miraculeuse de la Reine du Ciel. Toute sa vie, il se fit un devoir de témoigner à Marie sa reconnaissance, pour la bonté qu'elle avait eue, disait-il naïvement, de lui prêter, pour sa première messe, sa chapelle et son autel.

CHAPITRE V

LE TRAFIC INFAME

« Rien de si impitoyable qu'un criminel inconscient, surtout quand ce criminel est tout un peuple (1). »

Ce jugement nous semble on ne peut mieux caractériser l'injustice commise pendant plus de trois siècles par les colons espagnols et portugais d'Amérique, à l'égard des Indiens indigènes et des nègres africains.

Oppresseurs sans s'en rendre compte, je le veux bien, oppresseurs pourtant, ils abusèrent trop souvent de la force civilisée pour réduire au plus dur esclavage des

(1) R. P. Suau. *Études religieuses,* 1896. (Saint Pierre Claver, le nouveau patron des missions chez les nègres).

peuples enfants, incapables de se défendre.

On eut des esclaves, et par milliers, pour l'exploitation des mines, pour la culture des champs, pour les travaux domestiques.

On en eut, *sans même savoir de quel droit on les avait, parce qu'on les avait, parce qu'on les avait toujours eus.*

Demandez à ces nobles Hidalgos, descendants des *conquistadores* des temps héroïques, à ces grandes dames espagnoles ou portugaises, dont une nuée d'esclaves servait les caprices, demandez-leur de quelle façon ces nègres, ces négresses, sont tombés en leur pouvoir, comment ces gens-là ont été arrachés de leur pays natal, enlevés à leurs parents, à ceux qu'ils aimaient, et réduits pour toujours en servitude.

Votre interrogation n'eût pas laissé d'étonner beaucoup.

« Ces esclaves, vous eût-on dit, ont été achetés au port de Cartagène, fort cher assurément, ou bien, nés chez nous, ils nous appartiennent depuis leur enfance.

Et l'on eût probablement trouvé votre question bien étrange, tant la routine nous blase sur les injustices les plus révol-

tantes, au point que de vrais chrétiens
passaient sans sourciller, sur des énormités
qui les eussent fait bondir, si l'accoutumance
ne les leur eût rendues familières.

Il y eut un homme, un religieux, que la
pensée des maux soufferts par les Indiens
d'Amérique, fit tressaillir d'une sainte colère
et qui lutta jusqu'à la mort pour leur faire
rendre justice, ou pour adoucir, du moins,
leur sort.

Le dominicain Las-Casas est un des bien-
faiteurs de l'humanité.

Malheureusement, avec les meilleures intentions, dans son désir de délivrer du joug
ses chers Indiens d'Amérique, il oublia que
les Africains n'étaient pas moins dignes
d'intérêt. Il eut le tort d'insinuer à ses
compatriotes qu'il serait plus expédient de
remplacer les Indiens par des nègres dans
leurs mines et leurs plantations.

Les noirs, pensait-il, plus robustes que les
Indiens, étaient plus capables aussi de supporter les travaux que leur imposait la cupidité des blancs.

Plus tard, Las-Casas se reprochera très
amèrement d'avoir donné ce conseil, qui fut,

croyait-il, une des causes principales de
l'asservissement des Africains (1).

Il s'en accuse, lui-même, avec une humble
candeur.

« Cet avis, dit-il, d'accorder la permission
de transporter des nègres en Amérique, ce
fut le clerc Las-Casas qui le donna le premier, sans remarquer l'injustice avec laquelle
les Portugais les prennent et les font esclaves. S'il eût compris la portée de cette parole
il ne l'eut jamais prononcée, pour quoi que
ce soit au monde (2). »

Malheureusement, il ne suffit pas de gémir
sur une méprise pour la réparer.

Il faut dire que beaucoup d'honnêtes gens
de ce temps-là regardaient l'esclavage comme
légitime dans une certaine mesure (3). Le

---

(1) En réalité, la cour d'Espagne avait déjà donné la
permission de transporter des esclaves nègres en Amérique,
avant que Las-Casas en eût parlé.

(2) *Historia de las Indias,* l. III, c. 101.

(3) Il est vrai que l'esclavage, si l'on entend par ce mot
la sujétion (même perpétuelle) d'un homme à un autre
homme, n'a rien en soi qui répugne *absolument* au droit
naturel, pourvu que ce pouvoir ne s'étende pas *à la personne même* de l'esclave, mais seulement à ses travaux,
pourvu enfin qu'il ait une origine avouable et un motif
juste. Par exemple, saint Paul, *Épître à Philémon,* suppose
la licéité de l'esclavage, au sens modéré de terme (Jaugey,
Dictionnaire apologétique. Delhomme et Briguet:

trafic des esclaves était toléré : mais on ignorait trop souvent à quelles abominables opérations, à quelles odieuses violences se livraient les marchands d'hommes, sans crainte ni souci des anathèmes de l'Eglise.

« Les infâmes traitants ne s'arrêtaient, en effet, ni devant les décisions des théologiens, ni devant les réclamations indignées des missionnaires, ni devant les foudres apostoliques, et durant trois siècles et plus, les nègres furent victimes de la barbarie européenne (1).

La chasse à l'homme avait été méthodiquement organisée par les marchands de chair humaine, qui, sans pitié ni justice, se ruaient sur les pauvres sauvages arrachés à leur pays.

Séparés violemment de ceux qu'ils aimaient, enchaînés étroitement par ces blancs maudits, les malheureux, muets de crainte, attendaient, parqués à fond de cale, que le temps fût venu de mettre à la voile pour compléter la cargaison.

Parfois, c'étaient les roitelets nègres eux-

(1) Jaugey, *Dictionnaire apologétique,* article esclavage.

mêmes qui vendaient aux marchands d'esclaves leurs propres sujets. Parfois, c'étaient les prisonniers de guerre qui subissaient la loi du vainqueur.

Partout, sur les Côtes d'Or ou d'Ivoire, sur celle des Esclaves, qui méritait si bien son sinistre nom, dans le pays des Mandingues ou de Biafra, chez les Ashanties, dans toute la Guinée, au Congo, dans tout le territoire d'Angola, se croisaient des convois de nègres, hommes et femmes, acheminés vers la mer, dans une hâte sans merci ni trêve, sous la conduite des routiers inhumains qui les conduisaient, par bandes, au marché.

A la moindre tentative de révolte, au simple refus d'avancer, les rebelles étaient massacrés pour servir d'exemple.

Si quelque esclave tombait en route, incapable de suivre la chaîne, on l'abandonnait sans pitié aux animaux carnassiers qui suivaient toujours le convoi.

Les marchands n'avaient pas de temps à perdre. Quelques hommes ou quelques femmes de moins dans le troupeau, on n'en avait cure. En Afrique, la marchandise abondait ;

on se rattrapait sur la quantité; mais,
rendus à Cartagène, les esclaves étaient hors
de prix.

Arrivés à la côte, on embarquait les Africains pour les îles du cap Vert, où se trouvait le principal entrepôt destiné aux colonies
d'Amérique. C'était surtout dans l'île de
Santiago qu'étaient parquées les victimes de
l'inhumanité des blancs.

Là, un nègre ou une négresse se payait
quatre ou cinq écus la pièce, prix moyen.

A Cartagène, après les risques de guerre,
de naufrage ou de maladie, ils coûtaient
deux à trois cents écus, suivant leur âge
et leurs forces.

La plupart du temps, la mortalité, à bord
des négriers était effrayante. La cargaison,
parfois, était réduite de la moitié ou des trois
quarts.

Néanmoins, somme toute, la traite était
encore une opération fructueuse. Les traitants
réalisaient vite des fortunes considérables.

Lors donc qu'on avait fait reposer un peu
le bétail humain, pour qu'il eût meilleure
apparence en arrivant à Cartagène, on l'embarquait pour cette interminable traversée

de l'Atlantique, qui durait de longs mois dans les parages les plus malsains.

Imagine-t-on les tortures physiques et morales de ces pauvres gens, séparés pour jamais de leurs parents, de leurs amis, sans espérance de se revoir un jour, à la merci de ces blancs abhorrés, dont ils ne pouvaient attendre que les traitements les plus inhumains, entassés dans la cale immonde de ces vaisseaux négriers, vrai séjour de douleur et de désespoir, où ils allaient devenir la proie des maladies pestilentielles, sans air, presque sans eau, maltraités toujours par un équipage sans entrailles, pour qui la souffrance d'un nègre ne comptait pas!

Pourtant, ne l'oublions point, dans ces geôles ignobles, rendez-vous de toutes les misères de l'humanité, Dieu, le père de tous les hommes, connaissait ses enfants, ceux-là mêmes qui ne le connaissaient pas, et le baptême de désir, *c'est-à-dire l'acte d'amour parfait* (1) pouvait à toute heure, à tout instant, vivifier ces cœurs dépravés, ces âmes

(1) ..... (pouvant exister chez celui-là même qui ignore invinciblement la nécessité du baptême d'eau).

endurcies pour en faire jaillir l'eau pure de la grâce jusqu'à la vie éternelle.

N'oublions pas qu'un adulte ne peut être réprouvé que pour un péché personnel.

Jésus-Christ est mort pour le salut de tous les hommes.

Donc *tout homme* a la grâce pour se sauver, la grâce pour parvenir à la vision béatifique, et si quelqu'un vient à se perdre, c'est qu'il a, au moins à un certain moment, *méprisé le salut offert à tout homme* venant en ce monde (1).

Oh! Combien ne verrons-nous pas, dans les splendeurs de la gloire, de ces pauvres âmes, rebut de l'humanité, semblait-il, que le Père céleste a données à son Fils, pour qu'il leur appliquât les mérites de sa Passion!

Mais hélas! combien terrible sera la colère divine, contre ceux qui firent la vie si dure à ces petits enfants du bon Dieu!

---

(1) On connaît la célèbre maxime de S. Thomas d'Aquin : *Facienti quod in se est Deus non denegat gratiam.* A l'homme qui fait ce qu'il peut Dieu ne refuse pas la grâce.

C'est en ce sens aussi qu'il faut entendre la parole du même saint docteur : « Dieu enverrait, au besoin, un ange à un homme de bonne volonté, pour lui révéler ce qu'il faut croire, plutôt que de le laisser périr. »

Ainsi les réprouvés se seront perdus par leur faute, pour ne pas avoir accepté cette grâce de salut, que Dieu ne refuse jamais à personne.

. . . .

. . . .

. . . .

. . . .

« Rappelons que l'Église, par la voix des Souverains Pontifes : Pie II, Léon X, Paul· III, Urbain VIII, Benoît XIV, Pie VII, Grégoire XVI, Pie IX, s'est élevée avec indignation contre l'ignoble traite, une des pires hontes de l'humanité. Et pourtant, ces condamnations, fulminées par la plus haute autorité du monde, ne purent prévaloir contre la soif maudite de l'or... Du moins ont-elles sauvé l'honneur du Saint-Siège.

« Les missionnaires, témoins attristés de ces horreurs, avaient fait certainement tout ce qui était en leur pouvoir pour défendre la liberté des Africains.

« Malheureusement ils étaient presque partout désarmés. Tout ce qu'ils pouvaient, c'était de rappeler leur devoir aux autorités locales en les excitant à réprimer les violences qui faisaient gémir l'humanité. Mais, que de fois, hélas! ils se heurtaient au mauvais vouloir, à la routine, surtout, qui trop souvent paralyse les efforts les plus généreux (1)... »

« Les religieux ne se contentaient pas, en effet, de prêcher aux nègres la résignation. Ils prenaient en mains leur cause; ils leur obtenaient des juges, qui s'enquéraient de la manière dont les captifs avaient

(1) Jaugey. *Dictionnaire apologétique*, article : *nègres* (*passim*).

été enlevés de leur pays, et parfois ils réussissaient
à leur faire rendre la liberté. Ainsi le P. Barreira, de
la Compagnie de Jésus, et ses compagnons, dans les
îles du Cap Vert, et principalement à Santiago (en
1604) le plus grand entrepôt d'esclaves destinés à
l'Amérique ; ainsi d'autres encore : Jésuites, Domi-
nicains, Capucins, Trinitaires, etc..., tout en sauvant
les âmes, arrivaient encore assez souvent à proté-
ger la liberté des Africains (1). »

« S'il n'eût tenu qu'aux docteurs catholiques
inspirés par les missionnaires, le trafic des noirs
aurait cessé d'exister au xviie siècle. Si, au contraire,
il ne fit que progresser et ajouter violences sur violences, c'est qu'il était tombé entre des mains, que
les décisions des théologiens catholiques, ni les
protestations des missionnaires ne pouvaient arrêter.
On sait, en effet, que les peuples protestants, et
surtout les Anglais, qui ont tant fait, de nos jours,
pour l'extinction de la traite des noirs, eurent le rôle
le plus actif dans ce commerce inhumain, jusqu'aux
premières années du xixe siècle (2). »

« C'est une monstrueuse perversité, écrivait naguère
Léon XIII aux évêques du Brésil (3), quand certains
hommes regardent les autres comme au-dessous
d'eux, et comme des bêtes de somme. La philosophie ancienne, en soutenant l'esclavage, s'est montrée

(1) Jaugey. *Dictionnaire apologétique*, article : *nègres*
(*passim*).
(2) P. Joseph Brucker. *Dictionnaire apologétique*, article :
nègres.
(3) Encyclique *in plurimis*, du 5 mai 1888.

inhumaine et injuste de la façon la plus détestable.

« Par la souveraine bonté du Christ, l'Église a détruit la servitude et fondé parmi les hommes la vraie liberté, la fraternité, l'égalité, et pour cela le monde à la prospérité duquel elle a tant contribué ne pourra jamais lui rendre assez de louanges et d'actions de grâces. »

« Saint Claver n'est pas le seul qui ait consolé l'humanité et la religion indignement outragées dans le personne des nègres et des Indiens, mais nul n'a égalé l'ardeur et la fécondité de son dévouement. Aussi dit Léon XIII, dans la bulle de canonisation de ce grand serviteur de Dieu, on ne peut le comparer qu'au grand apôtre des Indes. Il est le François-Xavier des nègres (1). »

(1) Suau, *Études religieuses* 1896.

CHAPITRE VI

CARTAGENA DE LAS INDIAS. — LE PRÉCURSEUR

Au fond du golfe du Mexique, entre la baie de Darien et le grand fleuve de la Madeleine, Cartagène (1), fière de sa puissance et des richesses sans nombre qui affluent vers elle de toutes les parties du nouveau monde, jouissait depuis près d'un siècle, d'une prospérité rapide.

Assise sur un groupe d'îlots qui regardent l'océan et brisent l'effort du flot et des vents, elle est restée, durant trois siècles, le boulevard de la puissance espagnole.

Au moment où saint Claver y abordait, l'orgueilleuse cité était à l'apogée de sa

(1) Cartagène est située dans l'Amérique méridionale, sur le onzième degré de latitude nord.

fortune. C'était bien, par excellence, la ville
des esclaves! Dix ou douze mille, au moins,
de ces malheureux débarquaient chaque
année dans son port, amenés du Mexique,
du Pérou, de Quito, des Antilles...

Cartagène n'était que l'entrepôt de cette
marchandise humaine, qu'on distribuait
ensuite, selon l'offre et la demande, dans
toute l'Amérique du Sud.

Les plus sauvages de ces nègres venaient
des côtes de Guinée, où l'on comptait jusqu'à trente tribus parlant des idiomes divers.
Toujours en guerre les uns contre les autres,
les vaincus subissaient sans merci la loi du
vainqueur. Esclaves à jamais, ils avaient
conservé leur fierté native, haïssant déjà ces
maîtres inconnus sous le pouvoir desquels
ils allaient tomber. Ceux-là surtout donne-
raient bien de la peine à leur apôtre.

Bientôt pourtant, la grâce toute puissante
de Jésus-Christ domptant ces natures violentes, allait, par les mains d'un nouveau
Xavier, faire germer pour le Ciel une moisson d'élus.

Les nègres du Congo et d'Angola, plus
doux et plus dociles que ceux de Guinée,

embrasseraient aussi plus facilement le christianisme. Beaucoup d'entre eux deviendraient en peu de temps de fervents chrétiens.

Les autres sauvages, tirés des îles de Saint-Thomas, de Mina, de Carabal et d'Arda, étaient les plus grossiers de tous. Ils étaient si avides de chair humaine, qu'on les a vus quelquefois manger leurs propres enfants.

Le saint, dont nous écrivons l'histoire, devait, à force de zèle, de patience et de bonté, venir à bout souvent de pacifier ces natures violentes, ces âmes stupides, qui semblaient rebelles à tout jamais, aux touches de la grâce. Triomphe de la miséricorde, de la foi et de l'amour!

Sauf exceptions, les esclaves nègres étaient traités, dans presque toute l'Amérique, avec une grande sévérité. Leurs maîtres leur imposaient, toute leur vie, les travaux les plus pénibles, à ceux-là surtout qui étaient réservés à l'écrasant labeur des mines.

Si quelques vieillards débiles avaient survécu à leurs longues misères, ils restaient, la plupart du temps, sans asile et sans

4

moyen d'existence; beaucoup d'entre eux mouraient désespérés, sans que personne se mît en peine de leur accorder le moindre secours.

La Compagnie de Jésus n'avait pu supporter sans une vive douleur le spectacle de tant de maux. A peine établie à Cartagène, elle consacrait à l'apostolat des nègres, un de ses plus nobles enfants, le P. de Sandoval qui, durant plusieurs années, se dévoua sans mesure à ce ministère si fécond et si laborieux.

Au prix de fatigues inouïes, il évangélisa jusqu'à la vieillesse la plus avancée des milliers de ces petits enfants du bon Dieu, traçant à Claver la voie que celui-ci devait parcourir après lui avec un succès si merveilleux.

A peine Claver était-il ordonné prêtre qu'il obtenait des supérieurs d'être adjoint au vaillant apôtre pour le seconder dans ses travaux.

Quelques mois plus tard, le P. de Sandoval partait, accompagné de deux nègres pour un long voyage de quatre cents lieues, au cours duquel il instruisit un grand nombre d'indiens dispersés dans les habitations du littoral, et qui n'avaient point encore entendu prêcher l'Evangile.

Il revenait enfin à Cartagène, brisé de fatigue, impuissant désormais à travailler directement au salut des âmes. Quelques années encore il se traîna au saint autel où, dans une prière ardente, il suppliait le Dieu de l'Eucharistie pour ses chers nègres qu'il avait, par milliers, engendrés à Jésus-Christ.

Ravi des triomphes de l'apôtre que les supérieurs avaient appelé à lui succéder, il disait en versant des larmes de joie, quand on parlait, devant lui, des succès apostoliques de Claver : « Il faut que celui-ci s'élève, et que moi, je diminue : *Illum oportet crescere, me autem minui* (1).

« Quand on allait le visiter, dit le P. Fleuriau, on le trouvait presque toujours les yeux levés au Ciel, les mains jointes sur sa poitrine, offrant à Dieu le double sacrifice de ses louanges et de sa vie. Dans cet état si désolant pour la nature, il répétait sans cesse : *Dieu soit loué, Dieu soit béni*. Il mourut à l'âge de soixante-quinze ans, le matin de Noël. »

(1) Joan., III, 30.

CHAPITRE VII

Saint Claver exerça son apostolat depuis
1616 jusqu'à 1654.

Pour éviter les redites toujours fâcheuses,
même dans une vie remplie de merveilles,
il nous a paru plus simple, sans nous
astreindre à suivre l'ordre des temps, d'expo-
ser par séries, le plus brièvement possible,
les travaux apostoliques de notre saint pendant ces quarante années.

A part quelques faits assez rares, que
nous signalerons en passant, les œuvres de
l'homme de Dieu furent toujours les mêmes.
Nous pourrions, en vérité, définir l'exis-

tence de saint Claver, la continuité dans l'héroïsme.

Nous commencerons par dire ce qu'il fut pour ses chers nègres, puisqu'aussi bien c'est à eux surtout qu'il a donné tout son cœur, eux qu'il a aimés jusqu'à en mourir.

Dès qu'il apprenait qu'un vaisseau négrier (1) était signalé au large, il se mettait à genoux pour remercier Dieu et commençait aussitôt à tout préparer pour recevoir ses nouveaux enfants.

Impossible d'exprimer la joie qu'il manifestait alors, à l'annonce d'un événement qui allait pourtant, durant plusieurs jours, être pour lui la cause d'un si grand travail et de si rudes mortifications; mais on savait lui faire un si vif plaisir en lui apprenant cette nouvelle que c'était parmi ses amis une véritable émulation à qui la lui porterait. C'est que le saint promettait toujours une messe à celui qui lui donnerait le premier avis, et c'était une faveur très ambitionnée.

---

(1) C'était souvent le gouverneur lui-même qui le faisait prévenir de l'arrivée du vaisseau.

Après avoir rendu grâce à Dieu, le saint
se hâtait d'avertir quelques personnes géné-
reuses, toujours prêtes à l'assister dans ses
bonnes œuvres. « Il vient, leur faisait-il
dire, de nous arriver un vaisseau chargé de
nègres. N'oubliez pas qu'il faut un hameçon
pour les prendre ; car, avant de vouloir leur
parler de bouche, il faut, tout d'abord, leur
parler avec la main. »

Aussitôt, grâce aux secours qui lui étaient
envoyés, il se procurait en très peu de
temps toutes les petites douceurs dont les
nègres sont si friands : biscuits, oranges,
limons, rhum, tabac, eau-de-vie. Il réunis-
sait toutes ces provisions dans une ou
plusieurs barques, et arrivait toujours à
temps pour monter le premier à bord du
vaisseau qui se disposait à jeter l'ancre.

Il n'est pas d'exemple que l'équipage d'un
négrier ait refusé de recevoir le saint homme,
ou ait mis obstacle à son ministère.

Cependant Claver avait réuni ses interprètes, au moyen desquels il allait se mettre
en rapports avec les nouveaux arrivants.

Alors se passait une scène touchante,
inoubliable, qu'il était impossible de regar-

der pour la première fois sans pleurer.

Le saint abordait ces pauvres esclaves avec un visage riant, les pressant sur son sein, les embrassant avec la plus vive tendresse.

La plupart du temps, au moins dans les commencements, ils n'entendaient pas son langage ; mais cet homme vêtu d'une pauvre soutane, paraissait si bon, si affable, si plein de mansuétude et de tendresse, que presque toujours, du premier coup, ils étaient conquis.

Entre temps, ses interprètes, descendus avec lui à fond de cale, au milieu des noirs, leur disaient de sa part qu'ils n'avaient point à craindre les supplices épouvantables, dont les hommes de l'équipage s'étaient fait un jeu d'effrayer ces pauvres têtes affolées par la misère et le chagrin.

Ces malheureux, en effet, abordaient à Cartagène, convaincus que leurs nouveaux maîtres allaient incessamment leur faire subir les plus douloureux supplices. On les ferait bouillir tout vivants afin de fondre leur graisse pour caréner les vaisseaux. Les Espagnols, leur avait-on dit, avaient cou-

tume aussi de verser le sang des esclaves
pour teindre en rouge les pavillons.

Le P. Claver protestait hautement que ces
grossiers mensonges étaient un artifice
inventé par le démon, leur mortel ennemi,
pour les jeter dans le désespoir. Sans doute,
ils auraient à travailler, à souffrir; mais nul
d'entre eux n'avait à craindre les tortures
dont on les avait menacés. Leur vie ne serait
pas si dure qu'ils se l'étaient figuré; s'ils se
conduisaient bien, lui-même les recomman-
derait à leurs maîtres, comme ses enfants
bien-aimés.

Ces paroles du saint commençaient à
rassurer un peu ces grands enfants.

Mais ce qui surtout les rassérénait, c'était
l'air de douceur et de bonté répandu sur
son visage. C'était de l'entendre dire, avec
l'expression de la plus vive tendresse, qu'il-
les aimait, qu'il les aimerait toujours, et que
dans toute occasion il leur montrerait qu'il
était leur véritable père.

Pauvres gens! Ils n'avaient encore vu
jusqu'à présent que des marchands d'esclaves, ou des matelots du négrier, qui ne
leur parlaient que la menace à la bouche,

ou en les accablant de coups ! C'était le
premier blanc qui les traitât avec douceur.

En même temps le Saint leur faisait distribuer les petites provisions et les rafraîchis-
sements qu'il avait apportés pour eux.
Lui-même, avec une ineffable bonté, leur
souriait doucement, leur portant la nourriture à la bouche, les excitant par tous les
moyens à la confiance.

Mais déjà il s'était enquis des malades qui
étaient à bord. S'il se trouvait parmi eux
quelques moribonds, il commençait, toute
affaire cessante, par les instruire sommaire-
ment pour leur administrer, selon le besoin,
le sacrement de Baptême ou celui de la Pénitence.

Il arriva plus d'une fois que des nègres,
sur le point d'expirer, moururent entre ses
bras, au moment même où le vaisseau qui
les portait, venait de jeter l'ancre à Cartagène.
On eût dit que le bon Dieu avait attendu
jusque-là pour donner à son serviteur la
consolation de leur ouvrir la porte du
Paradis.

Si des enfants étaient nés pendant la

traversée il leur administrait immédiatement le sacrement de Baptême.

Tout le reste du jour, il s'occupait des infirmes et des malades, pansant leurs plaies les plus dégoûtantes, lavant leurs blessures, leur rendant en un mot les services les plus humiliants, avec l'empressement de la mère la plus tendre qui verrait son enfant réduit au plus misérable état.

Toute la journée se passait, pour Claver, dans ces exercices de charité, et il ne retournait à la Résidence qu'à la nuit tombée, pour reprendre, dès le lendemain, à bord du négrier, le travail commencé la veille.

Au retour du serviteur de Dieu, les nègres poussaient des cris de joie, l'embrassaient, lui baisaient les mains, ne sachant comment lui exprimer l'amour dont leur cœur était rempli.

Quelques-uns, sans doute, restaient craintifs encore, se demandant si ce blanc qui leur semblait si vénérable et si bon, était réellement ce qu'il semblait être, et si, de lui comme des autres ils ne devaient pas se défier. Mais bien vite la confiance rentrait dans leurs cœurs. Sauf très peu d'exceptions, Claver les avait conquis pour toujours.

L'heure du débarquement général étant arrivée, le Saint, accompagné de ses interprètes, était là pour assister ses enfants.

Il se donnait un mal inouï pour secourir chacun d'eux le plus à propos. Il soutenait les infirmes pour les aider à prendre place dans les chaloupes et à descendre à terre. Il avait fait venir des charrettes pour ceux qui étaient incapables de marcher. Il les dirigeait lui-même vers les nègreries, où ils devaient attendre le jour du marché. Puis, il les recommandait instamment aux gardiens des geôles, ajoutant que ces pauvres gens étaient ses fils bien-aimés, et que Dieu paierait au centuple tout le bien qu'on leur ferait pour l'amour de Lui.

Enfin il affirmait aux nègres qu'il les visiterait très fréquemment et que le peu de bien qu'il leur avait fait n'était rien auprès de celui qu'il voulait leur faire.

Le lendemain du débarquement la grande œuvre de Claver allait commencer.

CHAPITRE VIII

MÉTHODE DE SAINT CLAVER POUR L'INSTRUCTION DES NÈGRES

Le premier soin de saint Claver fut d'instruire très sérieusement les nègres qu'il employait comme interprètes ou auxiliaires de ses travaux (1). Plusieurs d'entre eux, avec le temps, devinrent de véritables catéchistes, qui lui servirent beaucoup dans son ministère.

Mais que de peines et de soins il lui fallut pour les former !

Aussi bien, la Providence lui venait-elle en aide de façon merveilleuse. L'argent ne lui manqua jamais, ni l'appui de quelques âmes vaillantes qui comprenaient quelle

(1) Le P. de Sandoval lui avait, là aussi, tracé la voie.

gloire allait procurer à Dieu l'œuvre de son serviteur.

D'abord il acheta quelques nègres qui furent employés au service de la mission. D'autres travaillaient à la journée, sous la direction du Père, qui payait à leurs maîtres le temps pendant lequel ils étaient à son service.

Il réussit bientôt à se procurer un grand nombre d'interprètes. Dès lors il put communiquer facilement avec les noirs qui débarquaient si nombreux dans le port de Cartagène, et gagner par milliers les âmes à Jésus-Christ.

A l'heure convenue avec ses auxiliaires, le Saint se rendait aux cases où les nègres étaient enfermés.

Ces bâtiments étaient d'horribles prisons, obscures et malsaines, où gisaient les pauvres esclaves entassés par centaines, sans autre lit que la terre nue. Un air chaud et chargé de miasmes empestés, s'exhalait, jour et nuit, de ces geôles infectes, où les nègres attendaient le jour du marché.

Quand une maladie contagieuse venait joindre ses horreurs à cet effrayant supplice,

5

rien ne peut rendre l'épouvante qu'on éprouvait, à la seule pensée de pénétrer dans ce lieu maudit.

Au moment de quitter la Résidence, le Saint allait s'agenouiller, quelques instants, devant le Saint-Sacrement, et, par une prière fervente, il se préparait au terrible labeur qui l'attendait.

Il partait ensuite avec ses interprètes, portant à la main un bâton surmonté d'une croix et un crucifix. Il se chargeait aussi d'un sac contenant une étole et les Saintes-Huiles, en prévision du cas où il devrait administrer l'Extrême-Onction.

Il se munissait toujours de biscuits, de flacons de rhum et d'eaux de senteur, pour réconforter les malades, qui attendaient avec une vive impatience la visite du serviteur de Dieu.

Dès qu'il était entré dans les cases réservées aux infirmes, il s'agenouillait sur l'humble natte où reposaient leurs membres endoloris, et par sa douce voix, son air souriant, ses caresses de père, il relevait leur courage et les ranimait. Puis il leur lavait le visage avec de l'eau parfumée et les forti-

fiait par quelques gouttes de rhum. Il
donnait ensuite les sacrements à ceux qui
étaient en état de les recevoir, et les laissait tous soulagés, rassérénés par sa douce
présence.

Alors le grand travail de la journée
commençait.

Au sortir du quartier des infirmes, il se
rendait dans une grande cour, où tous les
nègres, hommes et femmes, étaient rassem-
blés. Les interprètes y avaient déjà élevé un
autel sur lequel ils exposaient des tableaux
peints de couleurs vives, destinés à mettre
sous les yeux de ces pauvres sauvages une
image parlante des mystères de notre foi.

Quand tout était prêt pour la cérémonie,
le Saint faisait apporter des nattes ou des
bancs, pour que les nègres pussent entendre
plus commodément son discours et ne per-
dissent rien de ce qui allait se passer sous
leurs yeux.

Il plaçait séparément les hommes, les
femmes et les enfants. Il s'occupait de tout,
prévoyait tout.

Souvent il lui arrivait, si quelque nègre
lui paraissait plus infirme ou plus fatigué, de

se servir de son manteau pour lui faire un
siège moins dur et plus commode. Presque
toujours il reprenait ce vêtement couvert
d'immondices, et tellement infect qu'il fallait
le laver plusieurs fois pour le débarrasser
de ses souillures.

Par un prodige, qui souvent se renouvela,
le manteau n'exhalait aucune odeur, dès que
le Saint, de retour à la Résidence, s'en servait pour se couvrir.

Au milieu de l'autel il avait fait placer en
pleine lumière un grand tableau de Notre-
Seigneur en croix.

Des ruisseaux de sang coulaient des plaies
que le Sauveur a reçues pour le salut des
hommes. Un prêtre les recueillait pour en
baptiser un nègre, qui attendait à genoux la
grâce du sacrement (1).

De grands personnages, papes, rois,
princes et cardinaux, étaient représentés,
assistant à la cérémonie, tandis que sur des
trônes de gloire des nègres superbement
vêtus semblaient jouir d'un ineffable bonheur. C'étaient ceux qui avaient reçu le

(1) *Vie du P. Claver*, par le P. Fleuriau, *passim*.

Baptême, où le sang de Jésus-Christ nous lave de toutes nos iniquités.

Dans un coin du tableau, des démons à figures hideuses, faisaient subir d'affreux supplices à ceux qui n'avaient pas voulu recevoir le sacrement.

En quelques mots saisissants, le Saint faisait toucher du doigt la folie de ceux qui refusent la grâce, se privant à jamais d'un aussi grand bien, pour se jeter dans un malheur éternel.

Avant d'administrer le baptême, Claver s'était assuré que ses auditeurs ne l'avaient pas déjà reçu. Si leurs réponses n'étaient pas catégoriques il ferait plus tard de la question un examen plus approfondi. Quant à ceux qui étaient sûrement baptisés, il leur passait au cou une médaille à l'effigie du Sauveur et de sa sainte Mère, leur rappelant qu'ils étaient enfants de Dieu et de l'Église catholique, et qu'ils devaient désormais vivre en bons chrétiens.

A l'égard de ceux qui n'étaient encore que catéchumènes voici comment il procédait :

Il se mettait à genoux, au milieu des nègres, et, dans une prière fervente, il sup-

pliait Dieu d'accorder à tous ceux qui
allaient être baptisés la grâce de recevoir
dignement ce don divin. Alors, avec le
secours de ses interprètes, il répétait len-
tement, doucement, à plusieurs reprises,
chaque parole et chaque geste du signe de
la Croix, jusqu'à ce qu'il fût sûr que tout le
monde avait compris (1).

Il exposait alors avec une patience admirable chacun de nos principaux mystères. Il
faisait faire ensuite un acte de foi sur cette
vérité, et généralement sur tout ce que
l'Eglise de Jésus-Christ propose à notre
créance. Il excitait ensuite l'espérance de ses
auditeurs en leur faisant désirer les biens
éternels que le Fils de Dieu nous a préparés
par la Rédemption.

De cette vue naissait l'amour d'un Dieu si
bon, qui, d'esclaves du démon, nous fait
enfants de Dieu, si nous le méritons par
l'observation de sa loi. Il profitait de ces
sentiments pour faire concevoir un désir

(1) Il est à propos de dire que saint Claver ne reçut
jamais, que nous sachions, le don des langues, comme
saint François-Xavier et plusieurs saints l'ont obtenu. On
devine de quelle patience il eut besoin pour procéder,
dans ces conditions, à l'instruction de ses nègres.

pressant du Baptême, qui nous délivre de
nos souillures. Et pour faire mieux comprendre la vertu de l'eau régénératrice : « Il
faut, mes enfants, disait-il, imiter le serpent,
qui se dépouille de son ancienne peau pour
en prendre une nouvelle plus brillante que
l'ancienne », mimant en même temps par le
geste l'expression de sa pensée. Et naïvement
ces grands enfants faisaient mine, en souriant, de se déchirer la peau des mains, pour
montrer au Saint qu'ils avaient compris.

Quand il croyait ses auditeurs suffisamment instruits, (il mettait parfois bien des
jours à les préparer), il les faisait ranger
par groupes de dix, donnant le même nom à
chaque dizaine de nouveaux chrétiens. C'était
un moyen de les faire mieux s'en souvenir.

Puis, après une fervente oraison, il se
levait, suivi d'un interprète, et il commençait la cérémonie, baptisant d'abord les
enfants, puis les hommes, puis les femmes.
Il était accompagné d'une négresse et d'un
nègre déjà chrétiens, qui devaient remplir
les fonctions de parrain et de marraine.

Alors il faisait mettre à genoux les catéchumènes et leur disait d'un ton pénétré :

« Voilà l'eau salutaire, qui, en vertu des mérites de Jésus-Christ purifie l'âme et la rend plus brillante que le soleil. Mais, pour obtenir une telle faveur, il faut se repentir de ses péchés ; il faut renoncer au démon, aux maximes du monde. Ne le faites-vous pas de tout votre cœur? Ne croyez-vous pas en Jésus-Christ? Ne voulez-vous pas entrer dans l'Eglise et recevoir le Baptême?

Après que chacun d'eux avait répondu clairement, il lui conférait le sacrement ; puis, il lui mettait au cou une de ces médailles où étaient gravés les noms de Jésus et de Marie.

Il rappelait ensuite en termes touchants, aux nouveaux chrétiens, l'excellence du don divin qu'ils venaient de recevoir et les exhortait à garder fidèlement la loi de Jésus-Christ, résolus à tout souffrir, à tout perdre plutôt que de la violer par un seul péché mortel.

Il faisait ensuite un saisissant parallèle entre l'âme condamnée par sa faute à une éternité de supplices, et l'âme d'un élu appelée par la miséricorde divine à la gloire éternelle du Paradis.

Enfin, prenant en mains son crucifix :

« Voyez, s'écriait-il, mes chers enfants, de quelle manière nos péchés ont traité notre grand Dieu, notre aimable père ! Voyez jusqu'où l'ont réduit notre extrême malice et son immense charité pour nous. « Oui, c'est pour nous qu'il est mort sur cette croix ; pour nous qu'il a été abîmé et assailli par cet océan d'ignominies et de douleurs ! »

Puis, il leur faisait réciter cette touchante prière : « Jésus-Christ, fils unique de Dieu, vous êtes mon père, ma mère, mon trésor, tout mon bien. Je vous aime de tout mon cœur, et j'ai une extrême douleur de vous avoir offensé. »

Pénétrés de reconnaissance pour la bonté de leur père, ces pauvres nègres levaient les yeux au ciel, et battaient des mains en poussant des cris de joie. Ils s'efforçaient de baiser le bas de sa robe, et, comme de petits enfants, lui donnaient les marques les plus vives de leur respect et de leur amour.

A chaque débarquement de nègres, c'est-à-dire au moins chaque mois, saint Claver avait à recommencer les mêmes fatigants exercices, les mêmes fastidieux travaux. Et cette vie dura quarante ans !

5.

CHAPITRE IX

LE PÈRE DES ESCLAVES

Malgré le zèle infatigable de l'apôtre, il y avait dans les colonies espagnoles, et surtout dans la Nouvelle-Grenade, des milliers d'esclaves, qui par suite de la cupidité de leurs maîtres et de la connivence de certains agents du fisc, étaient à jamais privés d'entendre la prédication de l'Evangile et de recevoir la grâce du Baptême.

Un peu avant d'arriver à Cartagène un certain nombre d'entre eux étaient transbordés, de nuit, sur des barques, et dirigés directement vers les sucreries de la banlieue, en fraude des droits royaux dus par les vaisseaux négriers. Ils étaient ensuite strictement séquestrés, de peur qu'ils ne fussent découverts par les agents et qu'on ne vînt à prouver leur provenance. Il devenait donc bien difficile de les distinguer des autres nègres déjà baptisés,

L'avarice des hommes les dérobait à la charité de Jésus-Christ.

Cependant, à force d'adresse, et surtout avec le secours divin, le serviteur de Dieu réussit à faire tomber les barrières qui l'avaient empêché de pénétrer jusqu'à ces pauvres païens. Il finit par adoucir peu à peu les maîtres, conquis par sa bonté et ce charme irrésistible qu'il répandait autour de lui. Il acheva enfin de les gagner par la promesse formelle que les agents du fisc ne sauraient jamais comment on faisait entrer les nègres à Cartagène.

Quand il fut en possession de la confiance des maîtres, il eut toute permission d'instruire leurs esclaves et de les baptiser.

Mais le Saint ne voulait pas seulement faire des chrétiens de ses nègres; il voulait en faire de *bons chrétiens*.

Le dimanche et les jours de fête, ils arrivaient, par bandes, à l'église du collège, sous la conduite de Claver ou de quelqu'un de ses interprètes, pour entendre la messe et recevoir les sacrements.

Les Espagnols de Cartagène, les dames surtout, murmuraient très haut contre les fantaisies du Saint, prétendant qu'on allait bientôt les contraindre à déserter l'église; que l'odeur de ces nègres était insupportable, que c'était enfin par trop fort de voir ses esclaves mieux placés que soi. On allait se plaindre au supérieur de la maison !

Le Saint laissait dire, ou se contentait de répondre avec douceur que ces pauvres gens devaient entendre la messe, chaque dimanche, comme c'est le devoir de tous les chrétiens; et lui, qui était leur chapelain, devait leur procurer la facilité d'y assister.

S'il voyait quelques personnes de distinction mêlées à la foule des pénitents, il leur disait avec une extrême douceur : « Vous Señors, vous ne manquerez pas de confesseurs; et vous, Señoras, mon confessionnal est trop étroit pour que vos robes y puissent tenir. Il ne peut y entrer que de pauvres négresses. »

Et il attendait, pour les recevoir, que tous les nègres eussent passé.

Bon nombre de personnes de la société, qui voulaient pourtant, à tout prix, recevoir sa direction, attendaient patiemment leur tour, parfois jusqu'à une heure très avancée.

Bientôt la plupart des maîtres se rendirent compte que leurs esclaves n'avaient jamais été aussi obéissants, aussi respectueux, aussi fidèles que depuis qu'ils se confessaient au P. Claver. Aussi en vinrentils très vite à les inviter, d'eux-mêmes, à prendre en tout ses avis.

L'influence qu'il exerçait sur la plupart des nègres était si puissante, qu'il pouvait tout leur demander. Les naturels de la Guinée, que leurs maîtres eux-mêmes redoutaient parfois, subissaient son ascendant.

On vit souvent des esclaves fugitifs ramenés à la maison par le serviteur de Dieu. Il promettait en leur nom que désormais ils seraient fidèles, qu'on n'aurait plus rien à leur reprocher. Ainsi l'Apôtre renvoyait jadis à Philémon son serviteur Onésime, suppliant le maître de lui être miséricordieux dans la charité de Jésus-Christ.

Combien de fois, Claver réussit-il à fléchir

les colères, à briser les fouets déjà préparés ?

Il ne pouvait voir frapper un nègre sans qu'aussitôt ses entrailles ne fussent émues d'une tendre pitié. Aussitôt il courait, sans perdre une seconde, vers l'endroit d'où partaient les coups, et par sa douce voix, ses larmes, ses prières, il suppliait pour ses chers enfants. Il est bien rare que son intercession n'ait point aussitôt mis un terme au châtiment.

A la parole de son serviteur, Dieu opérait parfois des prodiges pour consoler ces pauvres gens.

Une jeune négresse passait, un jour, dans une rue de Cartagène, portant sur la tête un panier d'œufs qu'elle allait vendre au marché. Rencontrée soudain par un Espagnol, ce brutal lui donne un violent soufflet.

Le coup fut si rude que l'enfant chancela et que tous ses œufs roulèrent sur le sol, complètement brisés.

La pauvre fille fondait en larmes et poussait des cris perçants.

En un instant tout le quartier fut en rumeur.

Claver qui passait fut saisi d'un vif émoi. S'approchant de la petite esclave il lui demanda pourquoi elle pleurait. « Ah! mon Père, s'écrie l'enfant, voyez mon chagrin! C'est tout ce que j'avais pour vivre pendant plusieurs jours ».

Sans doute aussi redoutait-elle d'être cruellement battue.

Allons! Allons! petite, fit en souriant le cher Saint, remettez cela dans votre panier, et ne pleurez plus. Et remuant doucement les coques, du bout de son bâton, il les poussait vers l'enfant, et à mesure qu'il les touchait, les œufs redevenaient frais et entiers comme ils étaient auparavant.

L'esclave étonnée ne pouvait en croire ses yeux. Stupéfaite, elle voulait remercier son bienfaiteur. Il avait déjà disparu.

Si Claver aimait tous les nègres comme ses enfants, sa charité redoublait à l'égard de ceux qui étaient sur le point de quitter Cartagène pour servir des maîtres habitant sous d'autres cieux.

Alors, si le temps ne lui était pas trop parcimonieusement mesuré, il préparait leurs âmes avec des soins infinis.

« Sachez, mes enfants, disait-il, être toujours prêts, pour qu'à toute heure, en tout lieu, le *Maître* vous trouve veillants, c'est-à-dire prêts à faire le grand voyage de l'Eternité. Peut-être, au moment de votre mort, n'aurez-vous point de prêtre pour vous absoudre; veillez donc et priez. »

Le jour même du départ, il se rendait avec eux sur le rivage. Il les bénissait, les embrassait, les larmes aux yeux, avec la tendresse d'une mère qui voit s'éloigner son enfant qu'elle ne doit plus jamais revoir. Il les recommandait au capitaine du vaisseau sur lequel ils allaient faire route. « Ce sont, lui disait-il, mes très chers fils engendrés en Jésus-Christ. » Et quand le navire avait levé l'ancre, il tenait ses regards attachés sur lui, jusqu'à ce que son trésor eût disparu à l'horizon.

Si Claver était bon, il savait aussi, à propos, se montrer inébranlable, quand les droits de Dieu étaient en cause.

Les nègres ont une véritable passion pour la musique et la danse, et saint Claver ne leur défendait point ces délassements, sachant que de pauvres gens, accablés de

travaux si durs et si prolongés, ont un
impérieux besoin de se divertir un peu. Mais,
s'il tolérait ces petites récréations, c'était à
la condition que la décence la plus sévère
présidât à ces amusements. Les noirs, qui
s'en étaient parfois écartés, furent bien vite
ramenés par le Saint à la plus rigoureuse
réserve.

Alors on le voyait accourir, son crucifix à
la main, le visage enflammé d'une sainte
colère, frappant rudement les danseurs et les
joueurs de tambourin. Ainsi Jésus avait paru
terrible aux changeurs et aux marchands
qui profanaient la sainteté de la demeure de
son Père. Ceux qui s'étaient rendus coupables
de ces excès faisaient toujours pénitence, et
demandaient pardon à leur père de l'avoir
contristé. Mais il leur disait que c'était à
Dieu, et non à lui qu'il fallait demander
pardon; et ces pauvres esclaves montraient
presque toujours par des preuves certaines,
qu'ils étaient bien résolus à se corriger.

S'il entendait un nègre blasphémer publiquement, il lui reprochait sa faute avec une
véhémence enflammée : « Qui es-tu,
malheureux, s'écriait-il, pour oser outrager

ainsi la Majesté divine. » Il ordonnait qu'on
l'avertît si le coupable se corrigeait, et il
faisait tous ses efforts pour obtenir qu'il fît
amende honorable.

Il se donna aussi beaucoup de peine pour
abolir une certaine fête que les nègres
appellent les *pleurs des morts*. Hommes et
femmes se réunissaient, la nuit, en grand
nombre pour pleurer ensemble tous les morts
de la tribu. Il se mêlait à cette coutume
beaucoup de pratiques superstitieuses, sans
parler d'autres désordres considérables, que
le Saint avait à cœur de faire cesser. Il y
réussit heureusement, mais le succès lui
coûta bien des peines.

Il arriva plus d'une fois que Dieu fit
connaître à son serviteur, par des moyens
surnaturels, la mort prochaine de quelques
personnes auxquelles il s'intéressait particulièrement; il s'agissait ordinairement de ses
chers nègres, son troupeau de prédilection.

Un jour, passant dans la banlieue, le Saint
vit une négresse tranquillement assise à la
porte d'une maison. Il demande aussitôt à
parler à la maîtresse. « Il est urgent, lui dit-
il, de faire au plus tôt confesser cette esclave

qui se tient à la porte en ce moment, car elle va mourir dans quelques instants.

La dame s'étonne, proteste que cette fille n'est point malade, qu'elle se porte même fort bien.

« N'importe, répond le Saint, faites-la confesser sans nul retard ; autrement, elle et vous auriez lieu de vous repentir. »

Très étonnée, la dame suivit pourtant le conseil du Père. Bien leur en prit; car l'esclave qui était alors en pleine santé mourut le jour même.

Il y avait à Cartagène, une négresse affranchie, qui s'appelait Angela. Elle était fort pieuse et extrêmement charitable. Depuis plusieurs années, elle avait retiré chez elle une pauvre femme complètement paralytique, et couverte d'horribles plaies. La bonne Angela la soignait avec un dévouement maternel. Le Saint allait voir souvent la malade, qu'il réconfortait par les pensées de la foi.

Un soir Angela accourt tout en larmes à la Résidence, annonçant au P. Claver que la pauvre Ursule (c'était le nom de l'infirme) est sur le point d'expirer.

« Non, ma fille, répond simplement le Père, elle a encore quatre jours à vivre; elle ne mourra que samedi. »

Ce jour venu, il célébra la messe à son intention et sortit pour la confesser. Arrivé chez la malade, il resta quelque temps en prière. Puis, d'un air serein. « Consolez-vous, ma fille, dit-il à la charitable hôtesse, Dieu aime Ursule, elle mourra aujourd'hui; mais elle ne sera que trois heures en purgatoire. Qu'elle se souvienne seulement, quand elle sera avec Dieu, de prier pour moi et pour celle qui lui a tenu lieu de mère. »

Ursule mourut ce jour-là même à midi.

A quelque temps de là, nous ne saurions préciser la date, une troupe nombreuse de nègres s'était réunie autour d'un puits, pour se désaltérer et se reposer un peu. Survient un violent orage, comme il en arrive souvent dans les contrées tropicales. La foudre éclata soudain avec un bruit formidable, mettant en pièces le seau et la roue de la noria. En même temps l'homme qui la manœuvrait était précipité dans le puits, tandis que ses compagnons, au nombre de six, gisaient inanimés sur le sol.

On courut aussitôt chercher un médecin ;
mais malgré tous ses efforts, il ne put tirer
le plus petit signe de vie d'aucune des victimes de l'accident. Le nègre qu'on avait
retiré du puits restait comme les autres,
absolument insensible.

Soudain le Père apparaît sans que personne l'ait appelé, ou qu'on puisse savoir
comment il a été prévenu.

Cependant il s'agenouille et supplie Notre-
Seigneur, avec des larmes de père, de lui
rendre ses enfants. Et voici que de son manteau il les touchait, les uns après les autres ;
et au seul contact du Saint, tous les nègres
commencent à se lever, à marcher, aussi
sains et vigoureux qu'ils étaient auparavant.

Nous citerons enfin, pour clore ce chapi-
tre, deux résurrections bien avérées, opérées
par le serviteur de Dieu.

Une négresse d'Angola, appartenant à
Don Vincent de Villalobos, major de Cartagène, mourut sans qu'on eût eu le temps de
lui administrer les sacrements. La famille
était désolée, et déjà le maître avait donné
des ordres pour qu'on préparât la sépulture,
quand le Saint, averti du décès, vint prier

auprès du corps. Soudain, on s'aperçut que
les lèvres de l'esclave s'agitaient légèrement.
Un instant après, elle rejetait une grande
quantité de sang ; puis, d'une voix distincte,
elle s'écriait : « Ah! Jésus! que je reviens
fatiguée! — Et d'où revenez-vous, demanda
le Saint. — Je marchais vers un jardin délicieux, répond l'esclave, et comme j'étais sur
le point d'y entrer, un enfant d'une beauté
ravissante s'est présenté à moi, et m'en a
défendu l'accès, me faisant retourner d'où je
venais, me disant que je ne pouvais pénétrer
encore dans ce lieu charmant. Je suis reve-
nue ici, sans savoir par où ni comment ; et
voilà pourquoi je suis si lassée. »

Le Père fit alors écarter les assistants.
Mais ayant reconnu que cette fille n'était pas
chrétienne, il la disposa au baptême, qu'elle
reçut avec une grande joie, en présence de
toute la famille. Elle expira aussitôt après.
Don Vincent confirma sous serment la vérité
de ce miracle, dans les informations qui
furent faites pour servir à la cause du serviteur de Dieu.

Un jour qu'il était allé faire le catéchisme
dans une paroisse voisine de la Résidence,

on vint lui annoncer qu'un nègre moribond refusait avec obstination de recevoir le Baptême. Le Saint court au chevet du malheureux; mais ses supplications sont vaines, comme celles de tous les assistants.

Claver se retire à l'écart; il se jette à genoux, suppliant Dieu, par la Passion de Jésus-Christ, de ne pas permettre que cette âme périsse pour l'éternité.

Tandis qu'il était en prière, on vint lui annoncer que l'esclave venait de mourir.

Il rentre alors dans la case, où il reste seul. Au bout de quelques instants, les gens de la maison reviennent, curieux de voir ce que va faire le Saint. Ils trouvent le nègre vivant et écoutant avidement le Père qui l'exhorte à recevoir le Baptême.

Le bruit de cet éclatant miracle se répandit bientôt partout.

Le P. Provincial voulut savoir exactement du P. Claver lui-même ce qui s'était passé. Le Saint, pour ne pas désobéir à son supérieur, répondit qu'il était vrai qu'on était venu lui dire que le nègre était mort, qu'il s'était hâté d'y courir et était demeuré quelque temps auprès de lui; qu'enfin Dieu avait permis que l'esclave fût retrouvé vivant.

Quand Dieu, par l'intercession de son serviteur, opérait un miracle ou quelque autre merveille, le bon Saint faisait tout ce qu'il pouvait pour ne pas mentir; mais, le plus souvent, malgré lui, la vérité éclatait à tous les yeux.

CHAPITRE X

A Venise, en 1537, saint François-Xavier, soignant un malade affligé d'un ulcère horrible, est sur le point de défaillir. Mais aussitôt, saisi contre lui-même d'une sainte indignation : « Voici, Seigneur, s'écrie-t-il, l'occasion de se vaincre pour vous plaire! »

Et le futur apôtre des Indes se penche sur l'ignoble plaie, y colle ses lèvres, domptant héroïquement le sursaut de la sensibilité rebelle, pour l'amour de Jésus-Christ.

Avant Xavier, sainte Catherine de Sienne avait donné le même exemple de magnanimité chrétienne.

La Bienheureuse Marguerite-Marie, bravant le terrible émoi d'une nature souverai-

6

nement délicate, fit, un jour, un acte, s'il se
peut, plus répugnant encore, dans l'unique
vue de plaire à son bien-aimé.

A Dieu qui sanctifie ses élus, à Dieu seul
appartient de comparer leurs mérites. Pour
nous, qui sommes encore en ce monde, *exules
filii Hevæ*, pareille appréciation serait au
moins vaine, remarque l'auteur de l'*Imitation*.

Disons seulement que Celui qui est admirable dans ses Saints, a montré dans l'apôtre
de Cartagène un exemple insigne des sublimes hauteurs auxquelles peut s'élever le
courage chrétien pour dominer les plus
terribles répugnances de la nature.

Catherine de Sienne, Xavier, Marguerite-
Marie et quelques autres encore, ont fait
une fois l'acte héroïque décrit par nous tout
à l'heure ; nous n'y reviendrons plus, afin
de ménager certaines susceptibilités délica-
tes. Qu'il nous suffise de dire que cette
effroyable mortification, saint Claver la réi-
téra cent fois, mille fois, tous les jours !

Et n'allons pas croire que blasé, peut-être,
par l'accoutumance, il fût devenu comme
insensible à l'odeur, à la vue, au toucher de
pareilles ignominies... Elevé dans le sein

maternel, avec d'infinies tendresses, il devait aussi plus largement s'abreuver au calice amer que le Maître lui avait préparé.

Voyons comment il a traité les inévitables sursauts ressentis au fond de son être.

Il fut appelé, un jour, chez un riche marchand de Cartagène pour confesser un nègre couvert d'ulcères, qu'on avait dû séparer de ses compagnons à cause de l'infection qu'il répandait autour de lui.

Le maître de la maison, après avoir salué le Père, lui indiqua, dans le quartier des esclaves, la place occupée par ce malheureux. Puis il engagea quelques amis, qui se trouvaient alors en visite chez lui, à s'approcher doucement, sans toutefois se laisser voir. « Je crois, leur dit-il, que vous allez tout à l'heure contempler un spectacle étrange. »

Cependant les amis du marchand s'avancent sans faire aucun bruit.

Le Saint est là, tendant les bras vers l'esclave qui réclame son ministère. Déjà il se met à genoux; il va l'embrasser... mais soudain l'odeur, la vue de cette pourriture provoque chez lui un recul involontaire. Les visiteurs le voient alors se retirer à quelques

pas, se prosterner à terre pour demander à
Dieu le courage dont il a besoin; puis,
ouvrant le col de sa soutane, et saisissant
sa discipline, se flageller cruellement pour se
punir de sa lâcheté. Ensuite, se tournant
vers le malade, il s'avance, à genoux, l'em-
brasse avec effusion, lave l'ordure dont il est
couvert, baise ses plaies et reste longtemps
près de lui pour le consoler.

Les étrangers stupéfaits ne pouvaient en
croire leurs yeux.

Un Père, qui allait partir pour Rome, avait
demandé au serviteur de Dieu la permission
de l'accompagner dans une de ses visites
aux nègres malades. Il fut tellement frappé
du spectacle dont il fut témoin, que, malgré
tout son courage, il ne put y tenir et tomba
évanoui. Sorti des cases, il ne tarissait pas
sur l'admiration où l'avait jeté le courage du
Saint.

« J'irai, disait-il, comme hors de lui-même,
j'irai dire au Pape, à Rome tout entière, ce
que j'ai vu dans ces négreries, et quel beau
spectacle offre Cartagène aux hommes, aux
anges et aux saints. »

Quand on s'occupa, après la mort du ser-

viteur de Dieu, de commencer dans le diocèse le procès de canonisation, Don François
de Cavaillero, un des premiers magistrats
de la ville, vint trouver le Recteur du collège
des Jésuites, pour lui citer quelques faits
dont il avait eu connaissance dans sa jeunesse.

Il raconta au Supérieur, qu'étant arrivé
en 1628 au port de Cartagène, avec quelques vaisseaux chargés de nègres, il vit la
variole tomber tout-à-coup, avec une extrême
violence, sur ses équipages, et surtout sur
les nègres, au point qu'en quelques jours ils
furent presque tous en grand danger.

Le capitaine demandait qu'on lui envoyât
aussitôt quelques confesseurs pour absoudre
ou baptiser les moribonds.

Pendant plusieurs jours, le Saint se dévoua
sans mesure, au salut corporel et spirituel
de ces malheureux, renouvelant, tout le
temps que dura le fléau, les prodiges de
charité et de mortification dont il était cou-
tumier. Don François de Cavaillero avait
été si frappé d'un tel spectacle que depuis
lors il commença à vénérer le P. Claver
comme un saint. Trente ans plus tard, il se

6.

fit un devoir de conscience de se présenter
aux enquêteurs pour leur dire les merveilles
dont il avait été le témoin en cette occasion.

Un jour les autorités du port font annoncer au Saint que quelques nègres de Biafra
sont attaqués d'un accès violent de dysen-
terie. Il court en toute hâte, prenant avec lui
une négresse libre nommée Madeleine, qui
connaissait seule l'idiôme des nouveaux
esclaves.

Le Père s'approche du premier de ces
moribonds, tâchant de le soulever de la
pauvre natte sur laquelle il était couché. A
peine l'avait-il pris sur ses bras que le malheureux l'inondait d'ordure, tandis que la
négresse éperdue s'enfuyait, sur le point de
défaillir. Mais déjà le Saint courait après
elle, la rappelant d'une voix touchante à
laquelle Madeleine ne put résister.

« Revenez, mon enfant, au nom de Dieu,
revenez! Ce sont nos frères, des hommes
rachetés comme nous par le sang de Jésus-
Christ. »

Déjà, honteuse de sa fuite, la négresse
était à son poste aidant le Père à instruire et
à assister les mourants.

Dans une épidémie terrible, qui désola
Cartagène, les hommes les plus énergiques
se sentaient souvent à bout de forces, sinon
de courage. Plusieurs de ceux qui assistaient
les malades, même parmi les ecclésiastiques,
étaient contraints de sortir, au moins quelques instants, et tombaient parfois évanouis
ne pouvant soutenir les exhalaisons pestilentielles de tous ces corps en putréfaction.
Et le Saint cependant, calme et tranquille,
vaquait à ce terrible labeur, exhortant parfois
d'un mot bref et réconfortant ses compagnons
à tenir ferme au poste où les enchaînait la
charité de Jésus-Christ.

Une pieuse dame et sa fille qui assistaient,
un jour, à l'hôpital, à ce spectacle d'horreur,
s'encourageaient mutuellement en contem-
plant Pierre Claver sur ce glorieux champ
de bataille.

« Voyez, ma fille, disait la mère, voyez
ce saint homme baisant des plaies que nous
n'oserions pas seulement regarder. N'est-il
pas honteux pour nous de ne pas rendre, du
moins, quelques services à nos frères? »

Mais le bon Dieu assistait merveilleusement son apôtre.

Les grâces qu'il obtenait pour le salut temporel et spirituel du prochain, surtout pour ses nègres, son troupeau chéri, sont innombrables. Nous sommes très loin d'avoir tout dit.

Pourquoi donc saint Claver s'est-il ainsi ingénié à se plonger comme à plaisir dans cet océan de dégoûts, qui durant quarante années ont abreuvé sa vie sans un moment de relâche?

Il voulait, dira-t-on, se mortifier, faire son purgatoire ici-bas.

Sans doute; mais croit-on que la seule pensée d'abréger ou même d'éviter tout à fait dans l'autre monde, les peines dues à la justice de Dieu, soit suffisante pour qu'un saint puisse supporter pendant toute sa vie le martyre enduré par l'apôtre de Cartagène? Je ne sais même pas si le seul désir de la gloire céleste pourrait constamment, et sans défaillance, élever l'âme à de telles hauteurs dans le sacrifice. Il me semble qu'elle a besoin d'un aiguillon plus puissant.

Il faut que la passion des âmes ait enivré Claver, pour qu'il n'ait pas succombé au milieu de sa course. Ce qui l'animait, c'était

la pensée de ces milliers de créatures
humaines, à qui il était venu apporter le
sang du Calvaire, la pensée de coopérer à
leur salut à force de courage et de charité.

Saint Claver eût été sans doute, un bon,
même un parfait missionnaire lors même
que Dieu ne lui eût pas demandé les sacri-
fices héroïques auxquels il le destinait. Mais
pour qu'il remplît dans leur plénitude les
desseins de Dieu sur lui, il fallait qu'il
devînt, dans un degré héroïque, le serviteur
ou plutôt l'esclave de ceux qu'il venait
sauver.

A ces pauvres, à ces misérables, oppressés
sous l'étreinte d'une douleur sans consolation, à ces parias, rebut de l'humanité, sans
foi, comme sans espérance, il fallait un
apôtre emporté sur l'aile divine de la charité
pour leur faire croire à l'amour infini de
Dieu.

C'est ainsi que le Verbe lui-même a aimé
les hommes jusqu'à la folie, en se faisant
esclave pour eux.

Voilà pourquoi ce luxe de tourments dont
la vie mortelle du Sauveur fut abreuvée,
surtout pendant la Passion. Je suis un ver

et non pas un homme, *ego autem sum vermis et non homo*, dit le Fils de Dieu par la bouche de son prophète (1).

Le Verbe a tellement aimé notre pauvre chair qu'au jour de ses noces avec la Sainte Humanité, il a fait *cette folie* de s'unir à elle par la plus étroite et la plus incompréhensible union qui se puisse concevoir, dans le mystère de la sainte Incarnation.

Dieu a voulu que certaines âmes fussent un miroir fidèle des abaissements de son fils, et saint Claver a été l'un des plus frappants exemplaires de cette divine image du Crucifié. Voilà pourquoi il s'est porté à cette folie, car c'est une folie, où son âme enfiévrée s'enivrait d'amour de Dieu.

. . . .

Saint Claver appartenait depuis douze ans à la mission de Cartagène, quand le Général de la Compagnie de Jésus, le P. Mutius Vitelleschi, dans l'automne de 1622, l'admit à la profession solennelle des quatre vœux (2).

En remerciant ses supérieurs de le rece-

(1) Ps. XXI. 6.
(2) Saint Claver les prononça le 3 septembre 1622.

voir définitivement dans la Compagnie, bien qu'il s'en jugeât extrêmement indigne, le Saint demanda qu'il lui fût permis de faire précéder la formule de ses engagements de ces quelques mots qui résument si bien toute sa vie : « Amour (1), Jésus, Marie, Ignace, Pierre, mon Alphonse... et vous qui êtes les patrons de mes chers nègres, écoutez-moi. » Après la formule ordinaire il signait ainsi : *Pierre, esclave des nègres pour toujours.*

(1) Invocation au Saint-Esprit.

DEUXIÈME PARTIE

L'APOTRE DE CARTAGÈNE

CHAPITRE XI

CŒUR DE SAINT

La charité envers Dieu est la reine de toutes les vertus, et la charité envers le prochain n'est que son corollaire obligatoire.

Claver a aimé les hommes, leurs âmes surtout, jusqu'à en mourir.

Au Frère Gonzalez, admis dans sa religieuse intimité, il répondait, sur la fin de sa vie, qu'il estimait avoir baptisé un peu plus de trois cent mille nègres depuis son arrivée aux Indes.

Et ce n'était rien à ses yeux : il eût voulu, au prix de son sang, donner mille mondes à Jésus-Christ !

« Ah ! s'écriait-il parfois, dans les ardeurs de son zèle, qui me transportera aux côtes

de Guinée, de Mina et de Carabal, pour
convertir ces pauvres nègres abandonnés
sans secours ! »

Souvent il suppliait les Supérieurs qu'on
lui permît de descendre aux plages africaines,
de pénétrer, à tout prix, jusqu'au fond de
ces terres sauvages, rebelles encore à l'Evangile, pour arroser ces pauvres âmes du sang
du Calvaire.

Mais, si l'obéissance l'enchaînait à Cartagène, il s'en dédommageait en faisant, chaque
année, dans le royaume de la Nouvelle-
Grenade, des missions très fructueuses, au
prix de fatigues inouïes.

Dans la dernière qu'il entreprit, déjà cassé
de vieillesse, et presque au terme de sa
carrière, il pénétra jusqu'à Cotoca, tout près
d'Uraba, dans le voisinage de tribus
indiennes si féroces que le christianisme
n'avait pu encore s'y établir. L'apôtre allait
y pénétrer, quand l'épuisement de ses forces le
contraignit de revenir à Cartagène. Dieu l'y
réservait à un nouveau martyre de quatre ans,
plus douloureux encore que celui du sang à
ce cœur torturé par la soif des âmes.

Si Claver aimait tous les hommes, surtout

sès chers nègres, qui dira l'amour ardent
dont il était embrasé pour Dieu. Ses travaux,
ses fatigues, ses peines, tous les soupirs de
son cœur, étaient uniquement consacrés à la
gloire et au bon plaisir de la divine Majesté.
Son union à Dieu était continuelle et sans
un instant de défaillance, lors même qu'il
semblait plus activement livré aux choses
extérieures. Son sommeil très court durait
trois heures à peine, et n'interrompait
pas ses tendres colloques avec le bien-aimé.
Les Frères ou les nègres qui le gardaient
pendant ses maladies témoignent que son
cœur veillait nuit et jour.

Dès qu'il cessait, ne fût-ce qu'un instant,
d'être employé au service du prochain, il
tombait en prière, étranger à tout objet exté-
rieur.

Un jour, dans une rue de Cartagène, les
chevaux d'un carrosse ayant pris le mors aux
dents, les passants épouvantés fuyaient,
et tous criaient au Saint de se garder.
Lui, cependant, abîmé en Dieu, continuait
sa route, allant droit à la rencontre de
l'attelage en furie. Il fallut que quelqu'un
le saisît violemment par le bras et le jetât

dans une boutique. Il ne s'était aperçu de rien !

Le P. de Morillo, qui fut quelque temps son supérieur au collège, disait en souriant qu'il n'avait jamais pu savoir quand le P. Claver achevait son oraison; car, toutes les fois qu'il entrait chez lui, il le trouvait en prière. Entr'ouvrant doucement la porte, il le voyait souvent, le visage inondé de larmes;..... alors il se retirait sans bruit pour ne pas troubler les communications divines.

Le Frère Gonzalez, qui avait grand peur du tonnerre, avait demandé au P. Claver la permission d'aller se réfugier la nuit chez lui, durant les terribles orages si fréquents sous cette latitude. Le Frère entrait et restait là souvent des heures entières sans que le Saint parût s'être aperçu de sa présence.

Un Père, s'approchant un soir de la chambre du P. Claver, fut si frappé de l'éblouissante lumière qui filtrait sous la porte, qu'il entra brusquement croyant à un commencement d'incendie. Le Père était là, rayonnant, élevé au-dessus du sol, abîmé dans une profonde contemplation.

Le nègre qui le servait fut un jour témoin du même consolant spectacle. Le Saint demeura suspendu en l'air durant plusieurs heures, les yeux tendrement attachés sur le crucifix. Quand le ravissement eut pris fin, il redescendit graduellement sur le sol.

Le Frère Gonzalez, qui le visita souvent pendant sa dernière maladie, obtint une ou deux fois la même faveur. Saisi d'une vive émotion il voulait appeler les autres religieux pour leur faire admirer cette merveille de la puissance divine; mais, craignant de contrister l'humilité du P. Claver, il attendit la fin de l'extase. Il replaça ensuite le vieillard sur son lit en lui promettant, sur ses instances, de ne dire à personne ce qui venait de se passer. Après la mort du serviteur de Dieu il attesta le fait sous la foi du serment.

Saint Claver avait une dévotion ardente à la Passion de Jésus-Christ.

D'ordinaire, il commençait son oraison par la méditation d'un des mystères douloureux. Bientôt son cœur s'enflammait d'amour pour Jésus crucifié; puis la grâce l'élevait aux sublimes hauteurs, à la contemplation de la Beauté incréée (1).

Il aimait, durant la nuit, à faire des stations prolongées devant un grand crucifix placé dans un endroit écarté, où il était sûr de n'être point dérangé. Là, son âme s'exhalait en soupirs brûlants : « Ah! Jésus, s'écriait-il, Dieu crucifié pour moi, je vous aime beaucoup, oui beaucoup, de tout mon cœur! »

Son visage était toujours pâle et décharné, à cause de ses mortifications continuelles; mais, durant la semaine sainte, il s'exténuait si complètement, qu'il semblait une vivante image du Crucifié.

Chaque vendredi il sortait pendant la nuit de sa chambre, marchant la corde au cou, une couronne d'épines sur la tête, les épaules chargées d'une croix, *bajulans sibi crucem*, s'unissant, le cœur navré, aux souffrances de Jésus-Christ.

La Cène est le prologue de la Passion.

(1) ...Non pas pourtant que le Saint vit l'Essence divine elle-même, *de facie ad faciem*, comme les bienheureux habitants du Ciel la contemplent sans nuages, quand le plein jour de l'Éternité a brillé sur eux.

Le mystère du sacrement qui la renouvelle attirait Claver en le pénétrant d'une tendresse ardente pour l'ineffable Bonté qui s'est faite notre nourriture en se faisant notre victime. Il sentait pour la sainte Eucharistie un désir vivant, agissant, inextinguible, revêtant mille formes d'amour... *Quantum potes tantum aude, quia major omni laude!*

Nous ne saurions dire les peines infinies qu'il se donnait pour préparer les nègres à recevoir la sainte communion.

Il avait grand soin d'aller, lui-même, balayer et parfumer les loges de ceux qui étaient malades, quand ils devaient communier. Il faisait couvrir leur lit d'une belle courtepointe de soie, dont on lui avait fait présent pour cet usage. Il voulait que tout, dans leur pauvre case, fût dans un état de décence et de propreté parfaite.

Malades ou bien portants, il les engageait à s'approcher le plus fréquemment possible de la Table-Sainte, sachant fort bien quelles dispositions sont requises pour la réception de ce sacrement de vie.

Sur ce point il eut pourtant parfois des

7.

contradicteurs. Plusieurs personnes de la
société de Cartagène, se mêlant fort mal à
propos de ce qui ne les regardait pas, le
blâmaient de sa trop grande facilité à faire
communier les nègres. Tout en louant sa piété
on l'accusait de manquer de prudence. Le
Saint laissait dire le plus souvent, à moins
qu'il ne se crût obligé d'éclairer quelqu'un.

« Ces pauvres gens, disait-il, étaient
sans doute ignorants et grossiers. Lui-
même faisait son possible pour les préparer
de son mieux... S'ils sont le rebut du monde,
n'était-ce pas une raison pour lui de les
aimer davantage pour l'amour de celui qui
les a tant aimés? Et pourquoi, disait-il
encore, sous prétexte qu'ils sont misérables
les priverait-on d'un sacrement destiné spécialement aux petits, aux faibles et aux
infirmes? »

Le bon Dieu prenait soin lui-même de
justifier de façon frappante la conduite de
son serviteur.

Une religieuse de grande vertu s'entretenait un jour avec un prêtre, en réputation
méritée de savoir et de piété.

La conversation étant venue à tomber sur

les œuvres du P. Claver, « J'estime fort sa
ferveur, dit l'ecclésiastique ; mais je ne puis
du tout excuser sa facilité à faire communier
les nègres. »

Le jugement d'un homme aussi estimé
dans Cartagène, fit penser à la religieuse
qu'elle avait bien pu se méprendre dans ses
appréciations sur le mérite de notre Saint.
Dieu la détrompa bientôt lui-même.

La nuit suivante, elle vit en songe le
P. Claver tout brillant de gloire. A genoux
devant lui, le prêtre avec qui elle s'était
entretenue la veille demandait pardon au
serviteur de Dieu d'avoir parlé inconsidéré-
ment de ce qu'il ne savait pas.

On se souvient que le saint portier du
collège de Majorque, le Frère Alphonse
Rodriguez, avait communiqué à son jeune
ami l'amour dont il était lui-même embrasé
pour leur Mère du Ciel. L'ardeur de Claver
n'avait fait que croître à mesure qu'il
avançait dans la vie. Il cherchait à
inculquer cette dévotion à tous les âges,
comme à toutes les classes de la société.

Avec l'Eglise, il employait, en parlant de
Marie, l'appellation mystique chère à ses

plus dévots fils : « La Mère du bel amour. »
Mater pulchræ dilectionis.

Souvent il récitait cette prière : « O ma
bonne Mère, apprenez-moi, je vous en conjure, à aimer votre divin fils. Obtenez-moi
une étincelle de ce pur amour dont votre
Cœur toujours brûla pour Lui, ou prêtez-moi ce Cœur, afin que du moins je puisse
le recevoir dignement. »

La veille des fêtes de Marie était consacrée à entendre les confessions des enfants
des écoles. Il voulait leur inspirer de très
bonne heure un culte filial pour le glorieux privilège de son Immaculée-Conception. Il savait bien qu'après la réception
fréquente de la Sainte Eucharistie il n'est
pas pour eux de meilleur moyen de persévérance.

En ces pieuses solennités, quelques personnes riches, qui lui venaient en aide pour
ses bonnes œuvres, lui envoyaient un beau
festin destiné à ses chers lépreux de Saint-Lazare.

Il faisait distribuer en même temps un
autre repas aux pauvres, à la porte même de
l'hôpital.

Ce jour-là, il prenait sa nourriture avec les mendiants, toujours à la dernière place, et tandis que des musiciens payés par de charitables amis donnaient à ces pauvres gens un petit concert, le Saint se réjouissait d'avoir procuré une heure de modeste joie à ces enfants du bon Dieu.

Parmi les fêtes de Marie que le P. Claver aimait le plus à célébrer nous citerons celle de son Immaculée-Conception, celle de sa glorieuse Assomption, et le jour béni où le Verbe prit notre chair dans son sein.

Un matin de l'Annonciation, il conversait familièrement dans la chapelle de Don André de Vauquecel, sur ce grand mystère, en présence de cette pieuse famille réunie pour l'entendre.

Après avoir parlé quelque temps du privilège de la Mère de Dieu, soudain il poussa un profond soupir et fut ravi en esprit. Il resta plus d'une heure en cet état, au milieu des assistants qui répandaient de douces larmes. Le Frère qui accompagnait le Saint dut l'appeler à voix haute et le tirer fortement par le bras pour le ramener au collège.

Le vrai bonheur des religieux consiste dans l'heureuse certitude où ils peuvent être toujours, s'ils le veulent, de faire la volonté divine en faisant celle du supérieur. Tous les maîtres de la vie spirituelle sont unanimes dans l'affirmation de ce principe. S. Claver nous a laissé, sur ce point, quelques maximes bien précieuses.

« Dans la vie religieuse, dit-il, il n'y a point de route plus courte pour arriver à la perfection que l'obéissance. Je m'en rapporte plus à une seule parole des supérieurs qu'à cent révélations particulières.

« Quand le supérieur, ajoute-t-il, m'ordonnera quelque chose de difficile, j'élèverai mon cœur à Dieu ; je me représenterai que Lui-même me le commande, et, sans rien répliquer, j'obéirai avec la promptitude des anges, en le remerciant de ce qu'Il daigne se servir de moi pour exécuter ses volontés. »

Dans cette vue de foi, le supérieur était pour lui Dieu lui-même. Ses amis les plus intimes devenaient immédiatement l'objet de sa vénération, dès qu'il voyait en eux ses supérieurs.

Dès cette heure il ne considérait plus

dans leur personne que Celui qu'ils repré-
sentent, c'est-à-dire Notre-Seigneur Jésus-
Christ.

Il paraissait devant eux dans l'attitude
du plus profond respect, les yeux baissés,
attentif à leurs moindres signes. Il ne se
contentait pas d'exécuter matériellement
leurs ordres. Il s'attachait cordialement,
filialement, à satisfaire en tout leurs désirs,
s'efforçant de conformer sa volonté et son
jugement propre à la volonté et au jugement de celui qui tenait pour lui la place de
Dieu.

Il ne lui suffisait pas d'harmoniser ses vues
avec celles de ses supérieurs. Son cœur et sa
conscience leur demeuraient largement
ouverts. Il leur rendait un compte exact de
ses pénitences et de ses mortifications, ainsi
que de tous les mouvements de son âme, les
suppliant de le redresser, de le réprimander,
de le punir, s'il venait à s'égarer.

Ainsi agissait-il même à l'égard d'hommes
plus jeunes et moins expérimentés que lui,
par ce seul principe qu'ils représentaient
à ses yeux « la Majesté souveraine et
infaillible » qui ne peut jamais se tromper ni

nous tromper. Et si, dans l'occurence, il
venait à faire fausse route, il était pourtant
sûr de ne pas errer en obéissant, puisqu'il
agissait d'après l'autorité même de Celui
qui a dit : *Celui qui vous écoute m'écoute, et
celui qui vous méprise me méprise.*

Il disait souvent que s'il est vrai qu'on ne
se voit jamais bien soi-même, il est plus
vrai encore qu'on se juge mal le plus souvent, et qu'on a besoin de recourir au sentiment d'autrui, même au regard de choses
qui ne touchent pas la vie spirituelle. « Combien donc, concluait-il, est-il plus raison-
nable encore de suivre la direction des
supérieurs pour ce qui regarde la conscience ! »

Pour mieux s'assurer de la perfection de
son obéissance et augmenter son mérite, les
supérieurs crurent bon parfois de l'éprouver
fortement. Ses vertus serviraient, en même
temps, d'exemple aux plus jeunes.

C'est ainsi que, dans une circonstance de
très minime importance, il fut durement
réprimandé par le Père ministre qui lui
ordonna de demeurer à genoux jusqu'à ce
qu'on lui eût dit de se lever. Le Saint, alors

âgé et infirme, resta plus d'une heure dans
la même posture, témoignant beaucoup de
joie de l'humiliation acceptée pour l'amour
de Jésus-Christ.

Son supérieur lui enjoignit, un jour, de
changer totalement de méthode pour instruire les nègres. Ce fut un coup très sensible pour notre cher Saint, qui avait déjà
recueilli d'immenses fruits de grâce par les
moyens employés.

Combien, peut-être, auraient été tentés de
récriminer, ou, tout au moins, de se plaindre !

Claver n'eut pas un murmure. Il savait
par la foi qu'un religieux ne peut errer en
obéissant. Voici les paroles qu'il prononça
en cette occurence :

« Il faut que je sois bien misérable pour
que je ne puisse faire un peu de bien sans
occasionner beaucoup de mal et sans troubler toute la maison. C'est le propre d'un
ignorant et d'un indiscret comme moi ! »

Hâtons-nous de dire que le supérieur
rétracta très vite l'ordre donné.

Le Saint était sur le point d'ouvrir les
exercices d'une mission dans la petite ville
de Tolu, en Nouvelle-Grenade.

Tout était prêt, la population, les notables, la garnison espagnole. Tout le monde semblait parfaitement disposé à profiter des *Exercices*. Le curé, qui avait préparé toutes choses au mieux, en attendait un grand fruit... mais voici que tout-à-coup arrive une lettre du supérieur, mandant sans retard le Père à Cartagène. Déjà le Saint se dispose au départ. En vain le curé supplie; en vain les autorités, les soldats, les officiers, tout le monde conjure le prédicateur de commencer la mission. On enverra un exprès au P. Recteur pour obtenir un sursis. On adjure à genoux le P. Claver de donner satisfaction aux vœux de ce peuple avide d'entendre sa parole, de se réconcilier avec Dieu... Le religieux demeure inébranlable. Le supérieur a parlé, donc Dieu lui-même a parlé.

Le P. Claver n'obéissait pas seulement au supérieur de toute la maison. S'il allait servir à la cuisine, il s'approchait humblement du cuisinier pour prendre ses ordres, et, debout, la tête découverte : « Que m'ordonnez-vous, mon Frère, disait-il avec candeur. »

Au premier signal qui l'appelait à l'église pour entendre les confessions, il accourait

avec la même promptitude et le même respect
pour se mettre à la disposition du sacristain.
S'il entrait au noviciat pour y faire quelque
fonction ordonnée par le supérieur, il demandait au plus ancien de la chambre comment
il devait exécuter sa commission.

Obéir, obéir toujours était sa passion, au
point que dans ses missions il obéissait au
nègre qui l'accompagnait. C'était cet esclave
qui réglait la marche, et le repos à prendre
pendant le jour, le temps que l'on devait
demeurer en telle ou telle localité. Le Saint,
par amour pour Jésus-Christ, s'était fait,
comme Lui, obéissant jusqu'à la mort.

Avec quelle perfection il observait la pauvreté religieuse! Sa chambre, ses meubles,
tous les objets à son usage, tout chez lui
respirait cette vertu dans son degré le plus
parfait.

Son lit, quand il s'en servait, n'était qu'une
peau de buffle ou une simple natte étendue
à terre. Le plus souvent il couchait sur le
plancher. Ses meubles consistaient dans une
table de bois blanc, sur laquelle reposait son
bréviaire (ce bréviaire qu'il n'avait jamais
voulu renouveler). Ajoutez deux volumes de

cas de conscience : c'était toute sa biblio-
thèque. S'il avait besoin de consulter quelques livres, il allait les prendre à la salle
commune où il les reportait le jour même.

Un crucifix sans valeur, quelques images
grossières représentant le Christ à la colon-
ne, saint Pierre pleurant son péché, un portrait du Frère Rodriguez; voilà toute la
parure de sa chambre.

Quant aux objets à son usage, il ne se
servit jamais que du rebut des autres religieux. Ses camisoles se composaient de trois
ou quatre morceaux de toile cousus ensemble, et rapiécés en vingt endroits.

Le délabrement de sa garde-robe était si
lamentable que son supérieur l'obligea, un
jour, à se faire confectionner une soutane
neuve. Mais à peine avait-il endossé ce vêtement, qu'il en fut si embarrassé, si affligé,
qu'on dut, par pitié, lui permettre de reprendre ses haillons.

Il ne se nourrissait jamais que des restes
de pain ramassés sur les tables du réfectoire.
C'était tout son repas, avec quelques patates
grillées. Son mauvais estomac, prétextait-il,
ne pouvait supporter les aliments plus for-

tifiants, et cette nourriture lui convenait parfaitement.

Il arrivait assez fréquemment que le Père, étant rentré trop tard pour prendre son repas de midi avec la communauté, ne trouvait plus rien à manger, parce que le cuisinier n'avait pas pensé à lui. Jamais le Saint ne se plaignit. Il tâchait toujours, au contraire, d'excuser le Frère chargé de cet office. Il n'avait, disait-il, à se plaindre qu'à lui seul d'avoir été si malavisé que de ne pas s'être trouvé au réfectoire à l'heure de la réfection commune. Les Pères, touchés de compassion, voulaient avertir le Père ministre. « Gardez-vous-en bien, s'écriait le pauvre saint homme! Eh! vraiment, de quoi me plaindrais-je? Combien y en a-t-il d'autres qui passent, non-seulement une matinée, mais plusieurs jours sans avoir un morceau de pain? »

Le capitaine de Saint-Martin, le voyant un jour épuisé de fatigue, le conjurait de lui dire de quoi il pouvait avoir besoin. « D'un peu de toile pour habiller un nègre », lui fut-il répondu. On lui en envoya douze aunes. Le Père prit seulement la quantité

d'étoffe nécessaire à la confection du vêtement, et renvoya le reste. Il fut impossible
de lui faire accepter la moindre chose pour
son usage personnel.

Deux jours après, pressé de dire s'il ne
serait pas content de recevoir quelques
bouteilles de vin, il accepta, et comme on
lui demandait s'il préférait le blanc ou le
rouge : « Les pauvres, dit-il, ne choisissent
pas. » Et il se hâta de faire porter ce vin à
un Père malade, qui n'en avait pas certainement aussi grand besoin que lui.

CHAPITRE XII·

« Stigmata Domini Jesu in corpore meo porto (1). »

Je porte dans ma chair les stigmates du Seigneur Jésus.

Indulgent et doux pour autrui, Pierre Claver était pour lui-même d'une rigueur extrême. Il porta, notamment, la mortification des sens à un point incroyable, dont on trouve bien peu d'exemples chez les saints les plus célèbres dans l'Église par l'austérité de leur vie.

Jamais il ne se permettait un regard de simple complaisance, soit pour contempler un paysage, soit pour regarder les fleurs, à moins, dit le P. Fleuriau « qu'il ne voulût faire plaisir au Frère sacristain en louant la

(1) B. Pauli ad Galatas, VI, 17.

décoration du sanctuaire, un jour de grande
fête. Mais alors, c'était la charité qui faisait
tort à la mortification. »

A l'arrivée d'une flotte à Cartagène, surtout si elle venait d'Espagne, c'était par
toute la ville un mouvement extraordinaire
de gens de toutes classes et de toutes conditions : prêtres, religieux, soldats, hommes
du peuple, nègres et négresses, sénors et
senoras, affluant à grand bruit vers le port,
pour courir au-devant des vaisseaux du roi.

Les décharges d'artillerie se succédaient
pendant plus d'une heure, mêlées aux sonne-
ries joyeuses des cloches de toutes les
églises. Tout Cartagène était en rumeur, et
tout ce monde gaiement se précipitait, brûlant d'apprendre des arrivants des nouvelles
d'Europe.

Jamais le Saint ne prit sa part de ce qui
excitait si vivement la curiosité publique.

Sa chambre avait vue sur l'Océan. Jamais
pourtant, dit-on, il ne contempla la magnificence des tempêtes dans ce port merveilleux, le plus beau du monde! Il fallait pour
l'y faire courir qu'on lui apprît la venue d'un
vaisseau chargé de nègres. Alors nous

savons avec quelle allégresse il se hâtait;
mais ce n'était pas pour son plaisir!

Quand quelques Pères arrivaient d'Espagne
toute la communauté était en fête. Le Saint,
lui aussi, allait voir les nouveaux venus et
les entretenait avec une grande affabilité,
sans jamais pourtant chercher à connaître
les nouvelles, qui pour les exilés ont toujours
un charme puissant.

Il était mort aux joies de ce monde, mais
si vivant pour la gloire de Dieu!

Parfois des artistes, arrivés avec la flotte,
demandaient qu'il leur fût permis de faire
briller leurs talents devant les élèves, et les
Pères de la communauté.

Jamais le Saint n'assistait à ces fêtes pour
lesquelles les Espagnols ont un goût très
prononcé.

Pour ce qui concernait la nourriture, il
avait toujours été, surtout depuis son
entrée dans la Compagnie, d'une extrême
sévérité.

Le médecin de la maison lui avait conseillé
de prendre, le matin, un peu de chocolat,
aliment très commun dans le pays et qui
serait pour lui le meilleur reconstituant.

Mais, n'en ayant pas reçu l'ordre formel, il s'en abstint toujours.

Bien que les religieux, dans ce brûlant climat, eussent la permission de prendre quelque rafraîchissement vers la fin de l'après-midi, il ne but jamais une goutte d'eau entre ses repas pendant tout le temps qu'il demeura dans les Indes : mortification très rigoureuse, surtout pour un homme accablé de travaux.

Quelquefois, s'il se sentait absolument épuisé, après des journées écrasantes comme celles où il avait présidé au débarquement des nègres, il consentait à prendre une boisson chaude pendant le souper.

Il s'était imposé la mortification de ne jamais goûter aucune espèce de fruits. On raconte qu'un jour, comme il était en récréation avec deux Frères coadjuteurs, l'un d'eux cueillit une superbe grappe de raisin qu'il voulut faire accepter au P. Claver.

Le Saint refusa doucement.

« Allons ! mon Révérend Père, fit le Frère, un peu piqué, on connaît votre mortification... mais, pour moi, j'avoue que je serais plus édifié d'une petite complaisance de votre part que de tant d'opiniâtreté. » « Eh ! mon cher Frère, pour vous faire plaisir, repartit le Père Claver, j'y consens volontiers. » Et il prit deux grains de la belle grappe qu'on lui offrait.

Claver faisait à ses sens une guerre de tous les instants ; il traitait son corps avec une véritable cruauté.

Au commencement de la nuit, avant le très court repos qu'il accordait à la nature, il prenait une sanglante discipline. Puis, après avoir dormi trois heures environ, il réitérait ce cruel exercice, pour le reprendre encore, un peu avant le lever de la communauté. L'instrument qu'il employait était fait de cordes goudronnées et de chaînettes de fer armées de pointes acérées.

Les veilleurs du collège frissonnaient de crainte et de pitié, en passant devant la chambre du Saint, tant ils étaient effrayés de la violence et de la fréquence des coups par lesquels il se déchirait.

Après ces sanglantes macérations il s'enveloppait tout le corps d'un terrible cilice qu'il ne quittait ni jour ni nuit, et qui ne devait pas lui laisser un seul moment de repos.

Il portait en outre sur le dos et sur la poitrine deux croix hérissées de pointes, tandis que ses jambes et ses bras étaient garnis de cordons de crin. Il ajoutait sur tout cet attirail de guerre, de larges plaques de fer croisées sur le cœur et sur l'estomac.

Ce qui paraît le plus extraordinaire, c'est que le Père ainsi armé conservait une aisance apparente de tous ses mouvements, si bien qu'il lassait tous ceux qui l'accompagnaient.

Ajoutons que pendant les vingt premières années de son séjour à Cartagène il porta, malgré la chaleur du climat, des chemises de laine qui l'accablaient, au point que plus d'une fois il s'évanouit, tant il en était incommodé. Les supérieurs s'en étant aperçus lui ordonnèrent de porter du linge. Il en reçut sans doute un certain soulagement ; mais les chemises qu'il se fit confectionner étaient si rudes et si grossières, qu'il réussit encore à se faire souffrir par ce moyen.

Pendant ses maladies il n'ôtait presque rien de l'armure de pénitence dont il était revêtu.

Le Frère infirmier ayant aperçu, un jour, l'extrémité du cilice de fer qu'il portait, ne put s'empêcher de lui exprimer sa compassion. « Eh! mon Père, jusqu'à quand le petit âne sera-t-il donc attaché? — Jusqu'à la mort » fit doucement le P. Claver.

Attaqué, un soir, d'un accès violent de fièvre, il ne voulait pas recevoir la visite du médecin; mais il était trop faible pour se déshabiller seul, et il craignait de laisser voir ses instruments de pénitence.

Cependant le R. P. Provincial, étant venu prendre de ses nouvelles, exigea qu'il fît entrer le docteur. A la vue des instruments de torture qui le garrottaient, le médecin ne put contenir son émotion et s'écria en pleurant : « Ah! mon pauvre cher Père, comment voulez-vous n'être pas malade en vous traitant de la sorte? N'est-ce pas là, en vérité, être homicide de soi-même? »

Que dire du courage héroïque avec lequel il se laissait dévorer par les moustiques, qui dans ce pays font des piqûres si cuisantes? Jamais il ne les chassait; et quand ses nègres lui reprochaient de se laisser dévorer ainsi tout vivant : « Ces insectes me sont très utiles, répondait-il en souriant : ils me saignent sans lancettes! » Et si quelqu'un vou-

8.

lait les tuer, le Saint soufflait dessus pour les faire envoler.

Les mortifications que nous causent les maladies, les pertes d'argent, les deuils et la plupart des maux de cette vie, sont souvent moins difficiles à supporter que celles qui ont pour cause l'importunité ou la malice des hommes, et l'on a dit fort justement que le courage qu'il faut pour endurer les afflictions qui nous viennent d'autrui est la véritable pierre de touche de la patience.

Nous rapporterons, à ce sujet, deux maximes de saint Alphonse Rodriguez, que saint Claver avait apprises de son saint maître et dont il avait fait la règle constante de sa conduite envers le prochain :

« Quand on me persécute, ou qu'on parle mal de moi, ou je l'ai mérité ou je ne l'ai pas mérité.

« Si je l'ai mérité, pourquoi me plaindrais-je? Il faut plutôt me corriger et demander pardon à Dieu de ma faute. Si je ne l'ai pas mérité, il faut me réjouir et remercier Dieu de m'avoir donné cette occasion de souffrir quelque chose pour son amour. Et du reste, il faut se taire.

« Dans les traverses qu'on me suscite,
pourquoi ne ferais-je pas ce que fait un âne?
Qu'on parle mal de lui ou qu'on le maltraite,
il se tait; qu'on l'oublie ou qu'on lui refuse
à manger, qu'on le fasse aller vite ou lente-
ment; qu'on le surcharge; qu'on le batte ou
qu'on le méprise, il se tait. En un mot, quoi
qu'on dise ou qu'on fasse de lui, il ne dit
rien, il ne se plaint pas. Ainsi doit faire le
vrai serviteur de Dieu, lui disant avec David :
« Je suis devenu devant vous comme une
bête de charge (1). »

Saint Claver eut besoin parfois d'une belle
provision de patience pour supporter les
contradictions de tout genre qui tombaient
sur lui. Par ces traverses, qui durent plus
d'une fois sembler très douloureuses à son
âme si délicate, Dieu parachevait l'œuvre de
sa sanctification. Il avait destiné l'apôtre de
Cartagène à lui rendre une gloire immense;
il fallait, dans le dessein providentiel, qu'il
passât longtemps par l'épreuve, en proportion même de la récompense qui lui était
réservée.

---

(1) *Ut Jumentum factus sum apud te* — Ps. 72 (23).

Cette pensée soutient les Saints, aux
heures de l'exil; brise rafraîchissante qui
leur apporte, par intervalles, un avant-goût
de la félicité des élus. Ce n'est qu'un éclair
fugitif entre deux orages... et bientôt Dieu
les rengage à nouveau dans la bataille; mais
ils ont, un instant, respiré le parfum du ciel.

Le P. Claver avait eu souvent, nous
l'avons dit, beaucoup à souffrir de certains
maîtres espagnols qui lui reprochaient le
temps qu'il faisait perdre à leurs esclaves.
Plusieurs défendaient même à leurs gens de
le recevoir, et s'il cherchait à entrer en rela-
tions avec eux, ceux-ci avaient ordre de lui
fermer la porte et de lui répondre par des
injures.

Peu à peu, pourtant, ces mauvaises dispositions s'adoucissaient, et ceux qui d'abord
s'étaient montrés plus animés contre le
Saint, finissaient par presser eux-mêmes
leurs nègres d'aller le voir, convaincus qu'ils
ne pouvaient que gagner sous sa direction.
Mais ce n'était qu'avec le temps que les
maîtres s'apercevaient du résultat obtenu,
et, pour le serviteur de Dieu, la lutte était
toujours à recommencer.

Il eut aussi à souffrir de très graves persécutions de la part de quelques jeunes libertins, qui furieux de se voir ravir les victimes de leurs passions, allèrent jusqu'à le menacer, le poignard à la main. Claver, intrépide devant leurs fureurs, attendait tranquillement la fin de l'orage. « Si la volonté de Dieu est que je meure, répondait-il avec douceur, voilà ma vie : vous pouvez la prendre. » Mais les bons anges veillaient, et nul n'osa jamais passer de la menace à l'exécution.

Quelques ennemis des Jésuites, profitant de l'arrivée d'un Visiteur de l'Ordre, saisirent l'occasion pour élever contre les Pères, et particulièrement contre le P. Claver, une tempête qui causa bien de la peine à ces religieux. Entre autres accusations, on reprochait au Saint d'avoir réitéré le baptême. En conséquence il lui fut défendu de conférer désormais ce sacrement. Il eût pu dire, pour sa justification, qu'il n'avait jamais rebaptisé que dans le cas d'un doute fondé, et toujours sous condition. Il préféra se taire et souffrir en silence. Dieu bientôt apaisa l'orage et lui fit rendre justice.

Mais, nous le disions tout à l'heure, les critiques les plus pénibles à supporter sont celles qui nous viennent de la part de nos amis, surtout de ceux que nous aimons et respectons le plus.

Parmi les Pères du collège de Cartagène, plusieurs n'approuvaient pas les procédés du Saint. Son zèle, à leur avis, manquait de mesure. Il voulait, disait-on, tout faire dans la maison. Ses interprètes absorbaient tous les offices domestiques. Il perdait, lui-même, un temps considérable et en faisait perdre aux autres. On lui faisait force réprimandes, et, comme il ne disait rien pour sa défense, on finissait souvent par lui donner tort.

Il faut dire pourtant que cet état de malaise, dans la communauté de Cartagène, ne dura que fort peu de temps, et que les frères du P. Claver, ceux-là mêmes qui différaient parfois de manière de voir avec lui, rendirent toujours justice à son éclatante vertu. Ainsi, par exemple, tous les religieux du collège se disputaient les moindres objets à son usage ou ceux qu'il avait simplement touchés, les conservant précieusement comme des reliques. Et pourtant, malgré l'estime

profonde dont on l'entourait, la critique,
parfois, dut lui paraître assez dure.

Au sujet d'une question délicate, sur
laquelle les sentiments étaient partagés, on
alla jusqu'à dire que le P. Claver n'était
qu'un ignorant, qui n'entendait pas même
le latin! Certes, il avait pourtant, jadis,
donné d'assez belles preuves de sa capacité
en tout genre de doctrine, et tout spécialement de sa maîtrise hors pair dans la langue
de Cicéron. Mais le Saint ne parla que pour
confesser son ignorance.

« Il importe peu, dit-il à ceux qui paraissaient surpris de son calme, il importe peu
de passer pour savant ou pour ignorant; mais
il importe beaucoup d'être humble et obéissant. »

Il y eut particulièrement un Frère coadjuteur qui fut pour notre Saint un véritable
fléau. Il n'était pas d'avanie qu'il n'inventât
pour le tourmenter.

Il avait été donné au P. Claver pour l'accompagner dans ses courses. Mais, loin de
se rendre utile, il prenait plaisir à le faire
attendre indéfiniment avant de lui permettre
de sortir de la maison. En route, il le harce-

lait continuellement de reproches, et si le Saint avait des visites pressées à faire, il jugeait à propos de s'arrêter pour le mortifier.

A la maison, il n'était pas d'outrages qu'il ne lui fît, se moquant constamment de sa vertu, qu'il traitait d'hypocrisie.

Dans son humilité, Claver regardait cet homme comme lui ayant été envoyé par Dieu pour le punir de ses péchés, et patiemment, paisiblement, il attendait la fin de l'orage.

Malgré sa charité et les prières qu'il adressait à Dieu pour son persécuteur, le Saint ne put préserver ce malheureux du danger de perdre sa vocation. Malgré la patience des supérieurs, il dut être chassé de la Compagnie.

Le trait qu'on va lire est encore un exemple frappant de la douceur et de la patience du P. Claver.

Ayant aperçu, dans l'église du collège, un des jours qui précèdent la semaine sainte, une femme de la haute société, parée de façon fort peu séante, il lui représenta qu'une telle attitude ne convenait ni au temps où l'on était, ni à sa condition, ni à son âge (1).

Ce dernier mot fit bondir dona Carmel, qui s'emporta aussitôt en paroles furieuses. Le sacristain, attiré par le bruit, et voulant à tout prix calmer la dame, s'avisa de se ranger de son parti en donnant tort à ce qu'il appelait l'indiscrétion du P. Claver.

Survenu dans l'entrefaite, le supérieur pensa sans doute que le Saint avait pu dépasser les bornes d'une juste réprimande. Toujours est-il qu'il crut bien faire en reprochant au P. Claver l'impétuosité de son zèle.

Aussitôt le Saint, s'agenouillant aux pieds de son supérieur, lui demandait humblement pardon du scandale qu'il avait donné et le priait de le punir en proportion de la faute commise.

Et cependant, toute confuse, et se frappant la poitrine, dona Carmel rentrait sur l'heure, en elle-même et demandait pardon à Dieu prenant en même temps la résolution de mener désormais une vie plus chrétienne.

Cette douceur du P. Claver était le fruit de son admirable humilité. Il est bien rare

(1) Remarquons que le P. Claver était alors préfet d'église.

que les colères les plus ardentes n'aient pas
cédé devant elle.

Les supérieurs le savaient bien. Quand
survenait une affaire épineuse ou délicate,
ils avaient recours au P. Claver, et presque
toujours les difficultés, qui, de prime abord,
apparaissaient insurmontables, étaient apla-
nies en peu de temps.

Une dame devait au collège une somme
assez considérable; mais le Père procureur
et les hommes d'affaires, chargés de recou-
vrer la créance, avaient beau faire : tantôt
la débitrice se retranchait dans les détours
de la procédure, tantôt elle recourait à la
violence pour ameuter l'opinion contre les
Jésuites. En fin de compte elle éludait
toujours le paiement et se moquait de la
justice.

Le supérieur n'ignorait pas que le P. Claver avait un don merveilleux pour apaiser
les esprits les plus intraitables. Il le pria
d'arranger l'affaire.

A peine le religieux était-il en présence
de cette obstinée, que celle-ci s'emporta
contre lui de la manière la plus indigne, le
chargeant d'injures ainsi que son compagnon.

Le Père, qui conservait le calme le plus parfait, n'avait rien répondu aux outrages de cette forcenée.

Deux ou trois jours après, elle faisait instamment prier le Père Claver de venir la voir. Elle était malade, disait-elle, et désirait se confesser. Surtout elle avait hâte de lui demander pardon. Le Père se présente : mais à peine est-il entré dans la chambre de la prétendue malade, que deux esclaves robustes, cachés derrière une tapisserie, viennent l'assaillir avec furie, tandis que leur maîtresse vomit contre le Saint un torrent d'imprécations.

Heureusement, le Frère qui accompagnait le P. Claver était un homme intrépide, qui se mit en devoir de le défendre vigoureusement. Intimidés par cette résistance, à laquelle il ne s'étaient point attendus, les deux esclaves se sauvent à toutes jambes, tandis que leur maîtresse, qui avait ourdi le guet-apens, implorait son pardon et promettait de se corriger.

On serait tenté de se demander comment les Saints peuvent dire et penser *de bonne foi* qu'ils sont des misérables, de grands

pécheurs, et dignes des pires châtiments,
alors que leur vertu éclate à tous les yeux
et leur attire justement les louanges les
mieux méritées.

C'est que ces grands serviteurs de Dieu
ont une idée si haute de la perfection divine,
qu'ils découvrent, à cette lumière, les
moindres taches de leurs âmes.

Le P. Claver, lui-même, a excellemment
exprimé cette vérité, dans ces lignes qui
nous sont restées de lui.

« L'âme véritablement humble, dit-il,
s'élance de toutes ses forces vers Dieu, d'où
elle aperçoit sa sainteté et son amour pour
les hommes. Rentrant ensuite en elle-même,
elle voit la distance infinie de Lui à elle, et
à la faveur de ce divin contraste elle décou-
vre ses propres misères, comme à l'éclat des
rayons du soleil qui passent par une fenêtre
on aperçoit les atomes qui volent dans l'air. »

C'est cette connaissance de Dieu et de
lui-même, connaissance que seuls les Saints
peuvent avoir, qui inspirait au Père Claver
cette frayeur extraordinaire dont il était
saisi en présence de la Majesté divine et de
ses redoutables jugements.

« Prends garde, se disait-il alors à lui-
même, d'abuser plus longtemps des grâces
de ton Dieu, et d'être parmi tes frères
comme un Judas parmi les Apôtres. Consi-
dère que ceux qui sont entrés avec toi en
religion courent à grands pas dans la route
de la perfection, tandis que toi, tu restes
toujours ingrat, toujours pécheur ! »

Pénétré de ces sentiments, il disait souvent
que si on le connaissait bien, on le fuirait
avec horreur, comme un cadavre pourri.

Remarquons que le Saint n'était nullement
scrupuleux. L'Esprit-Saint lui inspirait une
crainte immense du péché, mais crainte
toute filiale qui n'avait rien de servile. Aussi
redoublait-il, chaque jour, ses pénitences
pour satisfaire à la Justice, et, par là, obtenir
miséricorde pour les pécheurs.

Un jour, le supérieur l'entendant frapper
sur lui-même à coups redoublés, entra dans
sa chambre pour lui dire de se ménager un
peu.

« Mon Père, lui répondit le Père Claver
en soupirant, c'est que j'ai contracté tant
de dettes qu'il m'est impossible de les
acquitter ! »

Voyant un morceau de fer jeté dans la forge : « C'est ainsi, disait-il en soupirant, qu'il faudrait me purifier dans le feu pour que j'évite celui de l'enfer. Si vous ne me traitez ainsi, mon Dieu, vous n'amollirez jamais la dureté de mon âme. »

A un Père qui lui parlait, un soir, des splendeurs du firmament : « Eh ! quoi ? répondit-il, tant et de si nobles créatures font la volonté de Dieu sans résistance, et un ver de terre comme moi y résiste sans cesse! »

Il faisait tous ses efforts pour dissimuler ses pénitences extraordinaires, et, le plus souvent il prenait la nuit pour se livrer à ces exercices.

Il arriva plus d'une fois que le Père Recteur, qui était son pénitent, le surprit en flagrant délit. Le Saint en fut bien mortifié, et il ne put s'empêcher de prier son supérieur de prendre un autre temps pour se confesser ou de choisir un autre confesseur; mais la proposition ne fut pas goûtée. On tenait trop à la direction du P. Claver pour s'en passer facilement.

Il cherchait surtout à cacher les merveilles que le bon Dieu opérait par ses mains, les

attribuant toujours, soit à une relique soit
aux prières des assistants, soit même à
quelques petits remèdes qui n'avaient par
eux-mêmes aucune efficacité.

Saint Claver, dans une imitation originale
d'un dialogue de Platon, écrivait ces lignes
frappantes sur la vertu d'humilité, si chère
à son cœur.

« L'homme qui est vraiment humble désire
le mépris; mais, sans chercher à paraître
humble, il cherche à paraître digne d'être
humilié. Il s'assujettit à tous; il obéit à tous.
Il ne reprend personne. Il souhaite que tous
le méprisent et le maltraitent, et que ceux
qui le font souffrir soient persuadés qu'il
souffre, non parce qu'il est humble, mais
parce qu'il est en effet très méprisable.
Ainsi, quand on nous traite avec mépris,
nous devons souhaiter qu'on pense que nous
sommes extrêmement confus et affligés de
nous voir maltraités, tandis qu'au fond du
cœur nous en sommes très charmés, par le
principe de la sainte haine que nous devons
avoir pour nous-mêmes. »

CHAPITRE XIII

SAINT CLAVER AUX HÔPITAUX DE CARTAGÈNE

Les nègres étaient, nous le savons, le troupeau privilégié du P. Claver. Mais la charité des Saints est inépuisable et vient à bout de réaliser des merveilles. Le Père trouvait du temps pour tous et pour tout, aux dépens de ses nuits, sans doute, car sur vingt-quatre heures il en donnait au moins vingt au travail et à la prière. La nature, assurément, n'y trouvait pas son compte ; mais quelles journées pleines pour le salut des âmes et la gloire de Dieu !

Il y avait, à Cartagène, deux hôpitaux qui recevaient fréquemment la visite du Saint : celui de Saint-Sébastien, desservi par les religieux de Saint-Jean-de-Dieu et celui de Saint-Lazare pour les lépreux.

L'hôpital Saint-Sébastien n'était pas fondé et ne subsistait que par les aumônes des fidèles.

Le P. Claver fut pendant plusieurs années la grande ressource de cet établissement, qui vivait de ses bienfaits. Le supérieur avouait volontiers qu'il lui devait tout.

Chaque semaine, à moins qu'il ne fût retenu par l'arrivée d'un vaisseau négrier ou par ses missions dans les campagnes, il s'occupait, toute une journée, des besoins corporels et spirituels des malades.

Les religieux le voyaient avec admiration reproduire, sous leurs yeux, les merveilles de charité que nous avons décrites en parlant de l'arrivée des nègres à Cartagène, et le Prieur répétait sans se lasser que le P. Claver valait, lui seul, plus de dix infirmiers et autant de confesseurs.

Quand il entrait à l'hôpital, il était toujours accueilli par des cris de joie. On savait si bien qu'il venait charmer la douleur! A sa vue, les plus désespérés reprenaient courage. Le grand ami était là; la mort elle-même n'effrayait plus!

Il y avait dans cet établissement un

9.

malade tellement défiguré, tellement hideux,
qu'il faisait horreur à. tout le monde.
On avait dû le mettre loin de tous les
autres, à cause de l'infection qui s'exhalait
de ses plaies.

Le jour où le P. Claver vint pour la première fois à l'hôpital, il demeura, durant deux
heures, le bras appuyé sur l'épaule de ce
malheureux. Il s'agissait de sauver un
pécheur, et dans ces cas extrêmes il osait
tout.

Les anges, au ciel, allaient compter une
victoire de plus.

Le Saint avait cru d'abord que cet homme
allait bientôt expirer, et il lui avait promis
de dire sa prochaine messe à son intention.
Mais, étant retourné le lendemain matin
près de son malade : « Soyez tranquille, mon
frère, lui dit-il avec assurance, Dieu vous
aime, et j'espère qu'on vous reverra bientôt,
plein de santé, à Cartagène. Pourtant n'oubliez jamais Celui de qui vous tiendrez cette
grâce.... et surtout ne péchez plus ! Au reste,
ce grand Dieu aura encore la bonté de vous
ôter l'occasion de l'offenser, parce qu'Il vous
aime ! »

Depuis cette heure le malade se trouva beaucoup mieux et sa convalescence marcha rapidement.

Cependant, à mesure que ses plaies se fermaient, sa vue s'éteignait si vite qu'il devint bientôt complètement aveugle. Mais la grâce opérait merveilleusement dans cette âme, si bien qu'après avoir scandalisé toute la ville par ses mauvais exemples, il était devenu un modèle de vertu et de piété.

Le P. Claver faisait toucher du doigt à ce bienheureux pénitent cette divine miséricorde qui lui avait rendu la santé de l'âme en le privant de celle du corps. Ainsi un père sage et bon enlève à son enfant l'arme meurtrière dont il se servirait pour s'ôter la vie.

Le Saint avait un don éminent pour faire entrer les âmes dans ces vues de foi qui les disposent si merveilleusement au salut par l'acceptation de la Croix.

C'est ainsi que dans ce même hôpital Saint-Sébastien il consola un jeune homme aveugle à qui la perte de ses yeux causait une extrême affliction.

Traversant les salles, il l'avait entendu se

plaindre de cette infirmité, compliquée d'une
douleur de tête, douleur si aiguë, si intolé-
rable, qu'il ne reposait ni jour ni nuit.

« O mon fils, lui dit le Père avec grande
douceur, prenez votre cécité en patience,
comme une grâce à laquelle votre salut est
attaché, et, pour le reste, confiez-vous en
Dieu. »

En même temps il lui couvrait la tête de
son manteau et lui donnait un baiser.

En en clin d'œil, la douleur qui le tour-
mentait se dissipa; mais le malade restait
aveugle et il le demeura toujours.

Si le P. Claver se dépensait sans mesure
à l'hôpital Saint-Sébastien, avouons pourtant
que les lépreux de Saint-Lazare étaient les
privilégiés de son cœur. La misère de ces
pauvres gens les rendait si chers à ses
yeux!

La vue de ces membres ulcérés, de ces
visages hideux, dont beaucoup n'avaient
plus figure humaine, avait ému de compassion l'âme de Claver, âme de fer pour lui-
même, si tendre pour le prochain!

Avant son arrivée à Cartagène, les lépreux
étaient un peu dénués de secours religieux.

A peine célébrait-on pour eux, le dimanche, une messe hâtive, tellement la crainte de l'horrible mal qui les rongeait jour et nuit glaçait d'effroi les cœurs les plus intrépides.

Les secours temporels leur manquaient parfois aussi. L'apôtre sut inspirer au peuple chrétien une sainte émulation pour soulager tant de souffrances. Les dons de toute nature affluèrent bientôt de toutes parts.

Claver consacra dès lors à Saint-Lazare tout le temps dont il pouvait disposer.

A peine arrivé, de grand matin, il faisait réciter la prière dans la salle commune, à tous les lépreux réunis, ceux-là seuls exceptés dont la vue aurait paru aux autres trop effrayante. La messe était maintenant célébrée chaque jour, et c'était pour eux le point d'appui de leur courage, durant les heures qui leur paraissaient si longues.

Puis, dans une touchante exhortation, l'apôtre les animait à souffrir avec patience leur cruelle infirmité, devenue pour eux un si puissant moyen de salut, moyen très efficace aussi d'éviter les souffrances du Purgatoire. Il les excitait surtout à fuir la lèpre du péché, la plus redoutable de toutes, puisqu'elle donne la mort à l'âme en lui ôtant la grâce de Dieu !

Ensuite il commençait à entendre les confessions.

Puis il allait, souriant, visiter les malades plus cruellement atteints, dont les autres lépreux eux-mêmes ne pouvaient soutenir la vue. Il demeurait dans leurs loges tout le temps nécessaire pour les consoler. On citait un misérable que le P. Claver, déjà vieux et tout infirme, alla voir durant six mois, plusieurs fois par jour. Le Saint devait monter, ramper plutôt, cramponné à une échelle, jusqu'au réduit où on avait relégué l'infirme.

Quelle peine il se donnait pour préserver ces pauvres gens des moustiques qui les tourmentaient si fort ! Il réussit enfin, après avoir quêté par toute la ville, à leur procurer des rideaux solides qu'il tendit lui-même, et qui les enveloppaient de toutes parts. Cette nuit-là, dans son armure de fer, Claver dut dormir plus paisiblement les heures rapides de son court sommeil, heureux d'avoir donné à ses enfants un peu de calme et de paix.

Les lépreux de Saint-Lazare, les malades

de Saint-Sébastien, comme les nègres de Cartagène, regardaient le P. Claver comme un ange envoyé du Ciel pour leur en montrer le chemin. Aussi, quand au retour de ses missions, il revenait pour la première fois visiter ses fils souffrants, c'était dans tout l'hôpital une joie indescriptible. Il semblait que, lui revenu, la confiance était rentrée dans tous les cœurs.

Dieu lui-même se plut, un jour, à faire éclater parmi ces pauvres un rayon de sa gloire pour honorer son serviteur. Le fait eut lieu à Saint-Lazare, tandis que le P. Claver récitait la prière du matin. L'archidiacre de Cartagène étant venu à l'hôpital pour y distribuer des aumônes, trouva le Saint au milieu des lépreux, le visage entouré d'un cercle de lumière et brillant comme le soleil. Saisi d'admiration et de respect, il voulait baiser ses mains et se jeter à ses pieds. Mais Claver devinant que Dieu manifestait en lui sa gloire, se déroba subitement aux yeux de l'archidiacre, sans que celui-ci pût savoir où il avait passé.

CHAPITRE XIV

SAINT CLAVER MINISTRE DE LA MAISON DE
CARTAGÈNE. — MAITRE DES NOVICES.

Le Provincial de Nouvelle-Grenade, qui
connaissait la haute vertu du P. Claver,
avait résolu de le nommer *ministre* du collège
de Cartagène, c'est-à-dire de lui confier la
direction de tous les services domestiques,
avec la mission de veiller spécialement au
maintien de la discipline religieuse.

Déjà chargé de multiples emplois, écrasé
d'incessants travaux, un courage moins
généreux eût peut-être défailli; mais le bon
plaisir de Dieu a parlé par la voix des supérieurs; le Saint n'a pas même un instant
d'hésitation; s'il succombe à la tâche, il
mourra pour la gloire de Dieu.

Une seule pensée contristait son humilité.
Dans sa conviction intime, il se croyait très
au-dessous du moindre de ses Frères... et
voici qu'on fait de lui le second supérieur de
la maison, le modèle de tous, chargé d'enseigner aux autres ce dont il ne sait pas
le premier mot : la perfection dans l'état
religieux !

Bientôt on put s'apercevoir que le Père
ministre avait assumé sur lui toutes les
charges les plus viles et les plus fatigantes.
Les malades, tout particulièrement, furent
l'objet de sa constante sollicitude. Il se faisait littéralement leur serviteur, réalisant la
parole de Notre-Seigneur, venu en ce monde, non pour être servi, mais pour servir (1).

Très exact à maintenir toujours la règle
parmi les religieux qu'il gouvernait, le
P. ministre était convaincu que précisément
dans l'intérêt de cette régularité parfaite, le
Supérieur doit avoir grand soin que tous les
religieux soient abondamment pourvus du
nécessaire, afin qu'aucun prétexte ne puisse
les autoriser à se dispenser de l'observance

---

(1) *Jam et Filius hominis non venit ut ministraretur ei,
sed ut ministraret...* Marc, X, 45.

commune. Principe très sage, dont la méconnaissance peut être la source de regrettables abus.

Le P. Claver était ministre du collège depuis un an environ, quand le Provincial lui confia une mission bien plus importante encore. Il fut nommé *Père Maître* des Frères novices coadjuteurs, tout en restant chargé de l'apostolat des nègres.

Avec le même sentiment, plus intime encore de son indignité, le Saint accepta pourtant ces fonctions nouvelles avec une grande joie.

Il avait toujours, nous l'avons dit, aimé et estimé profondément ce *degré* de la Compagnie dans lequel, malgré la flamme qui l'embrasait d'amour pour les âmes, il eût voulu lui-même vivre et mourir, si les supérieurs ne lui avaient formellement refusé de suivre l'attrait de son cœur.

Outre le noviciat de Tunja où les jeunes aspirants à la Compagnie s'exerçaient tous ensemble aux vertus propres de leur état, les supérieurs venaient en effet de créer à Cartagène, sur l'ordre du Général, une nouvelle maison de probation, annexe de la Rési-

dence, et destinée uniquement aux Frères
coadjuteurs. La direction en avait été con-
fiée au P. Claver.

Le nouveau noviciat, dès sa fondation,
recruta un grand nombre de postulants atti-
rés par la réputation de sainteté de l'apôtre
de Cartagène.

Beaucoup d'entre eux étaient venus aux
Indes dans l'espérance d'y faire un établissement lucratif; puis, pressés par la grâce,
ils avaient compris qu'il y a des trésors plus
durables, à l'abri de la rouille et des voleurs.
Ils avaient demandé avec instances à être
admis dans la Compagnie de Jésus.

La plupart, n'ayant fait jusque-là que des
études assez sommaires, ne pouvaient être
reçus qu'en qualité de Frères servants.
D'autres, bien que plus avancés dans les
lettres, se sentaient appelés par un puissant
attrait de la grâce à servir Dieu, toute leur
vie, dans les humbles fonctions où se sont
sanctifiés tant de saints religieux qui sont
l'honneur de notre Ordre.

Le P. Claver ne pouvait manquer d'ac-
cueillir avec une grande joie ces âmes géné-
reuses, éprises, comme lui-même l'avait été

dans sa jeunesse, de l'humble idéal qui fit
si grand le Frère Alphonse.

La maison de probation de Cartagène,
sous l'impulsion féconde d'un saint, rivalisera
bientôt avec les plus fervents noviciats de la
Compagnie.

Saint Claver eut surtout à cœur de faire
naître et grandir dans ces âmes religieuses,
qu'il avait mission de former, la vertu propre de l'Institut, de former des *obéissants*,
signe de race, qui, de nos jours, ferait volontiers sourire certaines âmes éprises d'un
idéal plus moderne. Saint Claver croyait,
avec tous les Saints, que la perfection de
bon aloi est toujours celle dont Jésus-Christ
nous a donné la formule divine : *factus obediens
usque ad mortem...* (1).

Quand ses novices n'étaient encore qu'im-
parfaitement formés, tant qu'il les voyait
chancelants dans leur voie, leur sage maître
était pour eux plein de condescendance et de
mansuétude; mais dès qu'ils lui semblaient
affermis dans la pratique des fortes vertus,
il les guidait, sans peur, vers les plus

(1) *Pauli ad Philipp.*, II, 8.

abrupts sommets de la mortification. Alors
il faisait retentir à leurs oreilles le *vince te
ipsum* de saint Ignace, dans toute sa vigueur.
Ce devait être déjà la nourriture ordinaire
de leurs âmes, parce que Jésus-Christ était
vraiment formé en eux.

C'est alors qu'il n'épargnait plus à ces
jeunes gens les rudes épreuves, qui, de prime
abord, eussent épouvanté leur vertu débile.
Maintenant ils allaient voguer en pleine
mer.

Tantôt il leur faisait balayer les salles
dans les hôpitaux de Saint-Sébastien ou de
Saint-Lazare. Tantôt il leur ordonnait d'entrer dans les cases des nègres malades. Il
voulait les habituer à se vaincre en leur
faisant embrasser généreusement les mortifications les plus répugnantes. Par exemple,
il les engageait, suavement toujours, à prêter
leurs manteaux aux infirmes, pour que
ceux-ci pussent s'asseoir plus commodément pendant que les novices pansaient leurs
plaies.

Au bout de peu de temps, ces jeunes religieux, élevés à si forte et si sainte école,
avaient appris à fouler aux pieds toutes les

frayeurs de la nature. Ils étaient devenus morts à eux-mêmes, et capables des vertus les plus héroïques.

Ajoutons que si leur saint Père Maître ne les ménageait pas quand ils étaient en bonne santé, au temps de la maladie il avait pour eux des tendresses de mère, les soignant lui-même et leur faisant prendre exactement les remèdes ordonnés par le médecin. Aussi, malgré l'apparente rigueur de la méthode, ils avaient tous pour lui l'affection des fils les plus aimants.

Parmi les novices du P. Claver, deux jeunes Espagnols, frères de sang, nés en Biscaye, étaient venus, comme plusieurs, à Cartagène, dans l'espoir d'y faire fortune, grâce à des protections puissantes sur lesquelles, semblait-il, ils avaient droit de compter; mais la grâce opéra si merveilleusement dans leurs âmes, que renonçant sur l'heure aux plaisirs qui passent, ils leur dirent joyeusement l'éternel adieu.

En vain leurs parents, leurs amis, leurs protecteurs traitèrent-ils de folie leur résolution magnanime de quitter le monde pour suivre Jésus crucifié : les deux jeunes gens

avec un sourire joyeux, foulant aux pieds
.des biens si fragiles, s'enrôlèrent pour
toujours sous l'étendard de la Croix.

Ils commencèrent leur noviciat avec une
admirable ferveur, qui comblait de joie leur
saint Maître. Deux mois après, Dieu les
trouvait mûrs pour le Ciel. Comme leur
frère Stanislas, consommés en peu de temps,
ils avaient parcouru une longue carrière
rachetant la brièveté de leur vie par la
rapidité de leur course.

Vers le même temps, le bon Dieu envoyait
encore au P. Claver une très douce consolation. Un officier Espagnol, réputé par sa
bravoure et les nombreux services déjà
rendus à son pays, avait voulu faire une
retraite sous la direction des Jésuites. Au
cours des *Exercices*, il se sentit si puissamment touché par la grâce, qu'il demanda
avec instances d'être admis au noviciat, pour
servir Dieu dans le degré de nos Frères
coadjuteurs. On fit bien des difficultés pour
l'admettre. On redoutait qu'il ne se repentît
quelque jour d'avoir pris légèrement cette
résolution. Cependant le brave soldat protestait qu'il voulait vivre et mourir jésuite, et

que s'il ne pouvait être reçu dans la maison
en qualité de religieux, il était décidé à y
entrer comme domestique. Enfin, après qu'on
eut très sérieusement examiné et éprouvé sa
vocation, on le reçut dans la Compagnie,
où il vécut et mourut en saint.

Le P. Claver n'eut pas la même consolation à l'égard d'un scolastique, qu'il avait
accompagné, un jour, de Cartagène à Santa-
Fé. Il lui prédit alors, par trois fois, qu'il ne
persévérerait pas dans la Compagnie. Peut-
être Dieu voulait-il, par la bouche du Saint,
lui faire comprendre que s'il voulait demeurer ferme dans sa vocation, il devait plus
fréquemment implorer le secours divin.

Ce jeune Frère tomba bientôt dans une
longue maladie, puis dans une mélancolie
profonde, qu'il s'efforça de dissiper par mille
occupations ou amusements peu compatibles
avec l'état religieux. Mais, malgré la grande
bonté des supérieurs, le pauvre jeune homme
perdit bientôt tout courage et finit par se
dégoûter de sa vocation. Il prit enfin le parti
de rentrer dans le monde, où il espérait
trouver une vie plus douce et plus en har-
monie avec ses attraits naturels.

CHAPITRE XV

CONVERSIONS DÉSESPÉRÉES

Malgré son courage le P. Claver ne pouvait suffire à la tâche, et il avait fallu plus d'une fois modérer l'ardeur de son zèle, sous peine de le voir enfin tomber sur la brèche.

Le Provincial de Nouvelle-Grenade lui avait déjà, pour le même motif, enlevé ses fonctions de ministre, et il avait dû lui retirer encore la direction des novices coadjuteurs. Mais Dieu avait si visiblement marqué le Saint pour l'apostolat direct, que les supérieurs se croyaient obligés en conscience à lui laisser toute liberté de se consacrer sans réserve au ministère du Baptême et à celui de la Pénitence.

Là encore nous le verrons réaliser des prodiges.

10

Souvent des prêtres, des religieux, tremblant de voir des malades leur échapper et mourir sans s'être mis en règle avec leur conscience, pressaient l'entourage de faire appeler le P. Claver, et presque toujours le pécheur n'avait pas plus tôt reçu la visite du Saint, qu'il acceptait avec joie de recevoir les sacrements.

Un jour, les Religieux de Saint-Sébastien voyaient entrer chez eux un malade affligé d'un mal étrange, auquel nul remède, ni corporel ni spirituel, ne pouvait apporter aucun soulagement.

L'application des reliques était repoussée avec fureur.

Un Père lui ayant parlé de confession, il ne répondit que par des injures.

On lui présenta le crucifix; il détourna la tête avec une obstination marquée.

Cet homme demeura un jour et une nuit dans cet état violent. Tout le monde était à bout de voie. On hésitait pourtant à faire appeler le P. Claver, alors âgé et déjà très infirme. Enfin les Religieux, voyant qu'ils ne gagnaient rien, et que ce malheureux risquait de mourir en désespéré, se décidèrent à envoyer immédiatement un message à la Résidence.

A peine le Saint a-t-il vu le malade que celui-ci s'apaise aussitôt. Ses cris cessent. Il écoute avec avidité le Père qui lui parle de Dieu et de son salut. Il consent de bon cœur à se confesser, et donne tous les signes d'une contrition fervente. Il laisse enfin tous les assistants consolés par le spectacle d'une sainte mort.

Le médecin ordinaire du même hôpital, le docteur Adam Sobo, ne manquait jamais de prendre conseil du P. Claver, quand il faisait en sa présence la revue des malades dans la salle commune.

Il a consigné par écrit sa déposition au procès de canonisation.

Quand le Saint lui disait : « Faites, Monsieur le docteur, ce qui est de votre charge, et, du reste, ayons confiance en Dieu », c'était pour lui un signe assuré que l'infirme guérirait, et sa confiance ne fut jamais trompée. Aussi le docteur Sobo regardait-il le P. Claver comme véritablement inspiré de Dieu, et il ne manquait jamais de lui amener ceux de ses clients qui

lui semblaient avoir particulièrement besoin
d'être secourus.

Il se trouvait, un jour, près d'un malade,
qui, à son avis, devait avoir encore plus
grand besoin du médecin de l'âme que de
ceux du corps. Mais cet homme ne voulait
entendre parler ni de Dieu ni de confession.

Soudain, touché de la grâce : « Eh! bien,
docteur, dit-il d'un ton résolu, je me rends
à vos conseils; amenez-moi un prêtre! Mais
trouvez-moi un homme habile et charitable,
car mon mal est plus grand qu'on ne saurait
l'imaginer. » « Vous serez content, dit le
médecin, de celui que j'aurai choisi, et vous
m'en remercierez bientôt. »

Le Père Claver gagna d'abord le malade
par sa cordialité simple et franche, et surtout
par cette grâce puissante à laquelle personne
ne résistait. Bientôt le pécheur, avouant et
détestant publiquement ses forfaits, rendait
grâces à Dieu et au P. Claver de l'avoir tiré
de l'abîme où ses crimes l'eussent très
justement précipité.

C'était un ancien religieux, qui avait
prêché jadis avec le plus grand succès, et
qui, depuis sa chute, menait une vie

déréglée. A présent, il détestait publiquement ses crimes, répétant avec tous les
signes d'une fervente contrition, qu'il était
le plus grand des scélérats, et qu'il n'avait
pas fallu moins qu'un P. Claver pour le
faire rentrer dans la route du Ciel.

Un Espagnol, le comte de Gelao, qui
habitait Cartagène, n'avait plus, selon toute
apparence, que très peu d'heures à vivre.
Mais loin d'user de ce temps précieux pour
mettre ordre aux affaires de sa conscience et
demander pardon à Dieu, il n'écoutait ni les
exhortations des prêtres et des religieux
venus pour l'assister, ni les prières que ses
parents faisaient pour lui. On tremblait de
le voir mourir en désespéré. A plusieurs
reprises, on lui avait présenté le crucifix et
il avait détourné la tête avec une expression
de fureur.

Le P. Claver, enfin appelé, fut un peu
moins mal reçu. Néanmoins le mourant
refusait toujours de se confesser.

Le Saint se mit en prière et y demeura
jusqu'au matin du jour suivant. Il revint
alors visiter le pauvre pécheur avec une
grande confiance, et tirant de son sein

10.

son crucifix, il ordonna à l'agonisant de
l'adorer et de baiser ces plaies reçues pour
le salut de tous les hommes.

A l'heure même le mourant s'attendrit ; il
pleure, il demande pardon à Dieu avec les
marques les plus évidentes de contrition. Il
expire enfin, laissant tous les témoins de sa
mort pleinement rassurés au sujet de cette
âme pour le salut de laquelle on avait
tremblé.

A quelque temps de là le Saint est appelé
au chevet d'une femme espagnole, qui se
trouve, lui dit-on, en péril imminent. La
malade ne répond que par des blasphèmes
et des paroles lubriques aux exhortations de
ceux qui veulent la disposer à bien mourir.
Effrayées par ce qu'elles entendent, les
pieuses femmes qui l'assistaient désertent
sa couche, craignant de l'exciter davantage
encore en s'entretenant avec elle.

Cependant le P. Claver accourt, et, après
une fervente prière, lit un Évangile, sur cette
forcenée, adjurant le démon de quitter ce
lieu.

Il n'a pour réponse que des injures.

Alors, saisi d'une sainte colère, le missionnaire élève son crucifix : « Allez donc, dit-il, malheureuse, allez en enfer, puisque vous le voulez..... voici votre juge qui vous y condamne ! »

La mourante, aussitôt se tait. Son regard, bientôt se détend, s'accoise. Elle réfléchit, écoute respectueusement la parole du confesseur, déteste ses crimes et demande pardon. Jésus, qui ne veut pas la mort de l'impie, relève la brebis perdue, et, par la bouche du prêtre, prononce la parole de vie. Et ce fut une grande joie parmi les anges, quand cette insigne pécheresse expira repentante et pardonnée.

Dieu est souverainement miséricordieux ; mais il ne nous sauvera pas malgré nous. Jésus-Christ est mort pour tous les hommes ; c'est vrai : mais il en est néanmoins qui se damnent, parce que Dieu nous laisse notre liberté, et que ces hommes-là ne veulent pas s'en servir pour coopérer à la grâce.

Il y avait alors à Cartagène, une femme dont le Saint demandait souvent la conversion. En vain lui répétait-il fréquemment la parole de Jésus-Christ : *Veillez donc, car vous ne savez ni le jour ni l'heure* (1). Malgré ces pressants avis elle remettait toujours la grande affaire de son salut.

« Eh bien! lui dit un jour l'apôtre, avec une sainte indignation, continuez à fermer l'oreille à la voix de Dieu, bientôt vous verrez ce que vous aura coûté votre obstination.

Peu de jours après, cette femme était emportée par un coup si foudroyant qu'elle n'eut pas un instant pour se reconnaître.

Certaines âmes demandèrent au P. Claver de longues années d'efforts avant de se rendre; mais il ne comptait jamais avec la fatigue et la peine pour obtenir le salut d'un seul pécheur.

Les plus difficiles à convaincre étaient, à son avis, les mahométans (2). D'ordinaire ils se refusaient à toute controverse, ou ne répondaient que par des injures aux pro-

---

(1) *Vigilate itaque, quia nescitis diem neque horam.* — Matt, XXV, 13.

(2) Il y en avait alors, un grand nombre à Cartagène. Plusieurs y séjournaient pour les besoins de leur trafic. D'autres y avaient été amenés comme prisonniers de guerre, et réduits en esclavage ils demeuraient, toute leur vie, sur les galères du roi d'Espagne.

cédés charitables de l'apôtre. Dans ces
conditions leur conversion présentait de
grands obstacles. Ajoutons que les *Maures*,
abrutis ou énervés trop souvent par les plaisirs des sens, qu'autorise la loi du Coran,
offraient à la grâce un terrain peu favorable.

Dieu pourtant allait se servir de notre
Saint pour opérer parmi eux le salut d'un
grand nombre d'âmes.

Impossible de rappeler en détail les industries touchantes, les soins délicats, les
attentions du P. Claver pour gagner peu à
peu à Jésus-Christ ces hommes barbares et
grossiers qui semblaient n'àvoir point de
cœur ! Combien d'injures, de rebuts, d'insul-
tes n'essuya-t-il pas pour arriver enfin à
tirer d'eux un geste, un signe, un petit mot
exprimant qu'ils étaient touchés de tant de
marques de bonté. Mais quand la glace commençait à se briser — c'était bien long quelquefois — le Saint entrait vite par la porte
entr'ouverte ; et comme si le bon Dieu eût
voulu dédommager son serviteur de tant
d'efforts, inutiles en apparence, c'étaient
sous le souffle de la grâce, des merveilles
de repentir, des victoires inespérées, d'opu-

lentes gerbes engrangées dans les greniers
du paradis.

Toute conversion est assurément une merveille de la bonté divine; mais pour qui
connaît un peu la dureté de cœur des mahométans et leur extraordinaire opiniâtreté, il
ne faut rien moins qu'un vrai miracle pour
fléchir ces âmes hautaines et violentes, sous
le joug de l'Evangile. Le P. Claver remporta
bien des fois un si beau triomphe.

La conversion d'un forçat Turc lui coûta
vingt-deux ans d'efforts.

Cet homme se montrait si farouche, que
le Saint lui-même était parfois comme décou-
ragé. Ces vingt-deux années furent un com-
bat sans trêve entre cette nature sauvage et
la miséricorde de Jésus-Christ qui soutenait
son serviteur dans l'œuvre du salut de cet
obstiné.

Enfin le Père apprend que le forçat, atteint
d'une maladie très grave, est sur le point
d'expirer. Il court à son chevet, le serre dans
ses bras, le presse sur son cœur. Il l'adjure
de consentir à recevoir le Baptême. L'heure
de la grâce, préparée par tant de prières et
de larmes, a enfin sonné, et cette âme sur

laquelle le démon avait dû si bien compter, par un prodige de la grâce échappe à l'enfer et réjouit les anges.

« Il n'y a point d'autre foi que celle de Jésus-Christ, s'écriait le bienheureux forçat, dans son agonie, et c'est dans cette foi que je veux vivre et mourir. Maudite soit la loi du faux prophète Mahomet, aussi bien que ceux qui le servent. »

CHAPITRE XVI

Le P. Claver visitait fréquemment les prisons, et dans ce ministère il remporta encore sur l'enfer de bien belles victoires.

Les directeurs des maisons de détention lui donnaient toutes facilités pour voir les captifs et s'entretenir avec eux. Il en profitait pour les instruire dans la foi et les corriger de leurs vices par la pratique des sacrements de Pénitence et d'Eucharistie.

Dieu permet presque toujours que la présence d'un saint soit manifestement féconde en fruits de salut. Claver avait en très peu de temps transformé les geôles de Cartagène.

Une de ses industries les plus chères, et dont il obtint les résultats les plus consolants, fut de faire prendre aux prisonniers l'habitude de réciter, chaque jour, les litanies de la Très Sainte Vierge pour obtenir de cette tendre Mère de tous les pécheurs un parfait amendement et la persévérance finale.

Cet exercice avait lieu dans la salle commune.

Quant à ceux qui étaient aux fers ou au secret, il leur faisait en particulier de longues visites, s'enquérant avec une incomparable bonté des motifs de leur condamnation, les excitant surtout à demander pardon à Dieu de leurs crimes.

S'il trouvait quelque détenu qui n'eût point été *convaincu*, il chargeait les meilleurs avocats de Cartagène de prendre sa cause en main et de l'assister devant les juges. C'est ainsi qu'un ami des Pères, le licencié Juan Sanchez, justement réputé dans Cartagène pour sa droiture et sa science juridique, put venir en aide à plusieurs accusés en leur donnant d'utiles conseils.

Mais c'est surtout quand il s'agissait de préparer un criminel au dernier supplice que le Saint montrait l'ardeur de son zèle.

Avait-il avait appris la condamnation

11

d'un coupable, il accourait aussitôt, et
jusqu'à l'heure de l'expiation, il lui consacrait tout le temps dont il pouvait disposer.

Cet homme, si misérable, si méprisable
fût-il, devenait alors son enfant de prédilection.

Dès la première entrevue, dans une
effusion de tendresse, il embrassait *ce cher
criminel*, lui prodiguant ses caresses comme
à un fils tendrement aimé. Puis, lui
mettant entre les mains une image de
Jésus en croix : « Ah! mon bien cher
frère, disait-il d'un ton pénétré, voici la
planche que Dieu vous offre dans votre naufrage. Il n'y a point pour vous d'autre
moyen d'échapper à la tempête. Je serais
heureux si je pouvais, comme vous, savoir
l'heure de ma mort!... nous devons tous abou-
tir au même terme, un peu plus tôt, un peu
plus tard... qu'importe, après tout! «

Puis il l'exhortait à préparer sa confession
générale, l'excitant à satisfaire à la justice
divine par quelques pénitences volontaires
afin de se mieux disposer à recevoir de la
main de Dieu le châtiment qu'allaient lui
faire subir les hommes.

Le moment de l'exécution arrivé, le P. Claver rassemblait tous les prisonniers pour recommander à leurs prières l'âme qui allait paraître devant Dieu. Le patient était alors introduit, et la messe célébrée pour lui obtenir, par l'intercession de Marie, le calme et la paix dont il allait avoir besoin. On chantait pendant le saint Sacrifice les litanies de la Très Sainte Vierge.

Si le coupable n'était pas trop ému, il adressait lui-même quelques paroles aux assistants pour demander pardon à Dieu, et suppliait qu'on voulût bien prier pour lui.

Le P. Claver l'engageait ensuite à baiser l'échelle du gibet qui allait être pour lui le chemin du ciel.

Souvent, à ce touchant spectacle, le directeur de la prison, les soldats de garde, les geôliers, les bourreaux eux-mêmes, ne pouvaient retenir leurs larmes.

Si le patient semblait un peu faiblir, le Saint lui faisait prendre un cordial, essuyait son visage et le baisait tendrement. Enfin, quand le bourreau le lançait dans l'éternité, le Père était là encore, élevant devant ses yeux la croix qui a fait le salut du monde.

Un capitaine Espagnol avait été condamné à mort, comme faux-monnayeur, ainsi que l'ordonnait la loi, à cette époque.

A peine avait-il commis son crime, qu'il en avait conçu le plus amer repentir. Il supplia qu'on lui fît la grâce d'être préparé par le P. Claver à paraître devant Dieu.

Le jour même où la sentence capitale avait été prononcée, il écrivait sur son livre de prières ces touchantes paroles :

« Ce livre appartient à l'homme le plus heureux du monde. La justice livre son corps à la mort pour sauver son âme. Je prie celui entre les mains de qui tombera ce volume de me recommander à la divine miséricorde. J'ai péché, mon Dieu, et je mérite, non seulement une seule mort, mais plus de mille.

« Ma plus grande douleur est de ne pas avoir une assez grande contrition, après tant d'offenses que j'ai commises contre vous. »

Le capitaine devait être d'abord étranglé, puis jeté dans le feu. Mais la corde s'étant rompue, dès qu'il eut été élevé en l'air, il tomba sur ses pieds, à peine étourdi.

Le P. Claver courut aussitôt vers lui et le prenant dans ses bras, il le baisait tendre-

ment, l'exhortant à avoir bon courage, puisqu'il n'avait plus qu'un petit moment à
attendre pour entrer en Paradis.

Cependant le bourreau venait de passer
une autre corde au cou du patient pour
l'élever de nouveau sur la potence. Mais
cette fois encore, le lien se rompit, et l'on
vit derechef le Saint, les yeux baignés de
larmes, embrasser tendrement ce fils bien-
aimé, l'animant à souffrir pour l'amour de
Jésus-Christ, cette cruelle passion.

Cette journée avait été terrible pour le
cœur si compatissant du P. Claver; mais la
pensée du mérite immense que ce saint
pénitent avait obtenu par sa patience avait
été certainement le point d'appui de sa force.

Cinq nègres fugitifs venaient d'être con-
damnés au dernier supplice. Le P. Claver les
avait assistés tous avec cette incomparable
charité qui lui gagnait tous les cœurs. L'un
d'eux était encore païen; mais il fut tellement
touché de la bonté que le Saint témoignait à
ses compagnons et à lui-même, bien qu'il ne
fût pas chrétien, qu'il demanda le Baptême,
convaincu qu'une religion qui opère de tels
prodiges ne peut venir que de Dieu.

Encore un trait entre mille.

Un misérable avait assassiné un homme qui l'avait comblé de bienfaits. Tombé entre les mains de la justice, il devait subir la peine capitale, et toute la ville de Cartagène avait applaudi à la sentence.

Furieux, hors de lui-même, il semblait sur le point de mourir en désespéré.

Mais voici que le Saint a pénétré dans sa prison.

Sur le champ le forcené s'apaise ; à ses cris de colère succèdent les larmes du repentir. Et déjà, dans l'ardeur de sa contrition, il demande qu'on lui fasse subir les tourments les plus cruels. Un regret intense de son crime, et, par dessus tout, l'amour divin a si bien percé son âme, que celui dont le forfait faisait horreur à tout Cartagène, arrachait des larmes de compassion à tous les témoins de son supplice.

Quand le P. Claver, aux derniers jours de sa vie, ne pouvait plus que se traîner à grand'peine, c'était encore aux prisons qu'il se rendait le plus volontiers, surtout s'il s'agissait de préparer un criminel à la mort.

La dernière fois qu'il s'y fit porter, ce fut

pour assister un mahométan, qui avait
entendu avec une exaspération farouche l'arrêt de sa condamnation. Mais l'apôtre apaisa
si bien son âme, la transforma si merveilleusement, que ceux qui vinrent le chercher
pour le conduire au supplice, le trouvèrent
en train de se déchirer à grands coups de
fouet, dans son désir de faire pénitence et
d'obtenir une sainte mort.

CHAPITRE XVII

MISSIONS DANS LES CAMPAGNES DE CARTAGÈNE.

C'était, d'ordinaire, quelques jours après Pâques que le P. Claver commençait la série de ses missions dans les campagnes de Cartagène. Il allait toujours à pied, suivi d'un de ses interprètes, portant lui-même tout ce qui était nécessaire pour la célébration du saint Sacrifice. Le reste du bagage, réduit au strict nécessaire, était fraternellement réparti entre le Père et son compagnon.

Selon son invariable habitude, approuvée par l'obéissance, le Saint constituait son nègre *comme son supérieur*, pour toute la durée du voyage, et jusqu'au retour il agissait en toutes choses selon la volonté de cet esclave, se soumettant avec une candeur d'enfant à

tout ce que celui-ci avait décidé, soit pour le
terme ou la durée de l'étape, soit pour le
temps pendant lequel on devait séjourner
dans les haciendas où l'on prenait gîte.

Cette obéissance du Saint à son propre
esclave, a, si je ne me trompe, une grandeur
naïve supposant une conduite spéciale de la
Providence, qui sort assurément des règles
ordinaires.

Rien de plus touchant que la bonté du Père
pour les compagnons de ses courses apostoliques. Lui, qui se traitait si mal en toute
occasion, avait pour ses esclaves des attentions maternelles. S'ils étaient malades, il les
soignait, jour et nuit, dans sa propre chambre (s'il était alors à Cartagène) leur aban-
donnant son lit, dont il ne se servait d'ailleurs presque jamais. C'est ainsi que durant
quatre mois il veilla un pauvre nègre, son
catéchiste, que sur ses prières instantes le
Père Supérieur lui avait permis de garder
chez lui.

Nous avons dit qu'à peine arrivés à Cartagène, un grand nombre d'esclaves étaient
dispersés de tous côtés dans les villes et les
bourgs de la Nouvelle-Grenade, pour être

employés aux travaux domestiques et à l'exploitation agricole.

Ces nègres, soumis à une vie très dure, étaient pour la plupart privés des secours religieux. Beaucoup n'avaient point encore été baptisés, et presque tous croupissaient dans l'ignorance presque complète des vérités du salut. Si certains maîtres remplissaient sur ce point leurs devoirs, plusieurs s'en souciaient fort peu.

Le P. Claver ne pouvait rester tranquille spectateur de cet abandon spirituel. C'est pourquoi il entreprenait, chaque année, ces missions dans les campagnes, où, disait-il lui-même, le travail était grand, mais par la grâce de Dieu le fruit proportionné au travail.

Dans ces courses laborieuses, il lui fallait fréquemment gravir de hautes montagnes, traverser, non sans péril, des fleuves débordés, de vastes marécages, où parfois l'on enfonçait jusqu'à la ceinture, affronter ces terribles orages des contrées équatoriales, où soudain le ruisseau se change en torrent.

Le Saint arrivait souvent trempé jusqu'aux os, harassé, n'ayant pas mangé de toute la

journée... mais rien ne lui coûtait, du
moment qu'il s'agissait de gagner une âme,
d'administrer le baptême ou la pénitence à
quelques pauvres nègres qui ne connaissaient
pas Dieu, ou qui depuis longtemps n'avaient
pu s'approcher des sacrements parce que le
prêtre était trop loin.

A peine arrivé à l'hacienda où il devait
passer la nuit, il commençait par planter
une croix sur un emplacement où il fût facile
de la voir. Puis, après une fervente prière, il
allait saluer les maîtres de la maison, pour
leur demander la permission d'évangéliser
pendant quelques jours leurs esclaves et
ceux des domaines voisins.

Il était, d'ordinaire, reçu avec un profond
respect et obtenait facilement toutes les per-
missions désirées. Les propriétaires du logis
faisaient tous leurs efforts pour qu'il leur fît
l'honneur de s'asseoir à leur table; mais il
n'était pas facile de l'y décider. Quand, parfois, il croyait devoir céder pour de bonnes
raisons, il se contentait, pour toute nourriture, d'un peu de bouillie de blé d'Inde
ou de quelques patates grillées. S'il était
par trop épuisé, il acceptait une boisson

chaude pour se remettre un peu l'estomac.

Quand les nègres étaient revenus des champs et avaient pris leur nourriture, il les rassemblait dans la cour ou dans quelque grange pour leur apprendre ou leur *rapprendre* leurs prières; puis il les disposait à se confesser, ou à recevoir le baptême.

Durant tout le temps qu'il demeurait dans l'hacienda, quelques instances qui lui fussent faites par les maîtres de la maison, il était impossible de lui faire accepter d'autre logement que la plus mauvaise case du quartier des esclaves. C'est là (à moins qu'il n'y eût une chapelle dans l'établissement) qu'il recevait en particulier les indiens et les nègres qui voulaient le voir et qui désiraient sa venue depuis si longtemps.

Il ne partait jamais d'une bourgade ou d'un domaine isolé dans les terres, sans avoir béni ou régularisé les mariages, baptisé les nouveau-nés, reconcilié les ennemis, apaisé les discordes et les querelles.

Parfois, à son arrivée, il avait trouvé le trouble et la haine; et presque toujours à son départ le calme et la paix régnaient dans les cœurs.

Enfin, *avec la permission dé son nègre*, il partait pour aller porter plus loin la parole de Dieu.

Un jour, on était venu le prier de donner une mission dans une paroisse fort éloignée.

Il répondit qu'il irait volontiers si son compagnon le lui permettait. Mais le nègre jugea que la distance était trop longue, qu'il y avait un cours d'eau très large et très profond à franchir, que les forces du Père n'y suffiraient pas. Le Saint, comme toujours, enfant d'obéissance, dit alors aux envoyés qu'il ne dépendait pas de lui de leur donner satisfaction, et qu'il les priait de vouloir bien l'excuser.

Il arrivait souvent, au cours d'une des missions du P. Claver, que Dieu soulignât la parole de son apôtre de façon à faire réfléchir les incrédules ou les obstinés.

Un nègre était par ses discours et par ses exemples un sujet de scandale dans une hacienda de la côte. Depuis longtemps il ne tenait aucun compte des avertissements du missionnaire, qu'il tournait même en dérision.

Dieu se chargea lui-même d'arrêter le scandaleux.

Comme depuis trois jours l'esclave ne paraissait plus dans l'établissement, ses maîtres envoyèrent à sa recherche quelques-uns de .ses compagnons. Ceux-ci, ayant rencontré sur leur route un caïman énorme, le tuèrent, l'ouvrirent, et trouvèrent dans ses entrailles la tête et une partie du corps de l'impie qui s'était ri des menaces du P. Claver. Cet exemple terrible inspira aux plus incrédules une grande crainte des jugements de Dieu.

Un autre esclave, malgré ses premières résistances, finit par se rendre aux avertissement du Ciel.

Le Saint, le voyant occupé à ensemencer un champ de maïs, « Vous semez, lui dit-il, mais vous ne recueillerez pas ».

Ce nègre tomba malade presque aussitôt, mais la bénignité apparente du mal n'inspira d'abord aucune crainte pour sa vie : sa jeunesse et sa force achevaient de tranquilliser l'entourage. Néanmoins frappé de la parole qu'il venait d'entendre, le jeune nègre demanda à recevoir les sacrements. Bien lui en prit. Il mourait peu de jours après, admirablement préparé.

Mais c'était le plus souvent par des traits de miséricorde que la puissance divine autorisait la prédication de saint Claver.

Une hacienda située dans le voisinage d'un volcan était en grand péril d'être dévorée par la lave.

Le Père Claver passait alors dans les environs.

Au comble de l'épouvante, les gens du pays supplient le missionnaire de lès secourir. Touché de leur douleur et de leur foi, le Père leur ordonne de planter une croix devant le cratère et d'avoir confiance en Dieu. Aussitôt les feux s'éteignirent, et depuis lors ils ne reparurent jamais.

Dans le bourg de Tolu, une sécheresse extrême désolait la campagne. La récolte était perdue si une pluie abondante ne venait au plus tôt rafraîchir le sol.

Le curé de la paroisse, accompagné des principaux habitants, presse le Saint d'implorer en leur faveur la divine miséricorde.

Le Père se met en prière, et, s'étant relevé aussitôt : « Consolez-vous, dit-il ; vous aurez de l'eau avant le coucher du soleil. »

Il n'y avait pas alors le moindre nuage à

l'horizon : et cependant la pluie commençait
vers le soir à tomber. Elle dura trois jours
et trois nuits sans interruption, avec une
telle abondance que tous les dommages cau-
sés par la sécheresse furent entièrement
réparés.

A quelque temps de là, le Père donnait
dans une bourgade de la côte les exercices
d'une mission, quand soudain éclairé d'une
lumière surnaturelle, il conjure ses auditeurs de partir en toute hâte parce que,
dit-il, des pirates doivent aborder la nuit
prochaine et dévaster tout le pays. Les bra-
ves gens crurent à la parole du Saint et se
hâtèrent de fuir. Quelques heures ne s'étaient
pas écoulées qu'une troupe nombreuse de
flibustiers débarquait sur le rivage; mais déjà,
grâce aux avertissements du P. Claver, tout
le monde était à l'abri.

Le Saint revenait toujours de ses courses
apostoliques, défait, épuisé, se soutenant à
peine. Et pourtant, dès son retour à la Résidence, il reprenait avec une nouvelle vaillance
le fardeau sans cesse accru de ses travaux
ordinaires. C'est que tous, à Cartagène, attendaient sa venue avec une vive impatience :

malades de Saint-Sébastien, lépreux de Saint-Lazare, pénitents de tout âge et de toutes conditions... les nègres surtout, qui depuis son départ pleuraient comme des enfants qui n'ont plus de père !

La joie qu'il éprouvait à revoir sa chère Cartagène, ne l'empêchait pourtant pas d'avoir en même temps le cœur déchiré, quand il venait à songer aux péchés innombrables par lesquels les enfants de l'Église catholique outrageaient leur mère, tandis que lui-même se donnait tant de mal pour convertir les païens !

CHAPITRE XVIII

Dans le courant du xviiᵉ siècle, des corsaires anglais et hollandais s'étaient établis dans les îles Saint-Christophe et Sainte-Catherine (1), d'où ils faisaient des incursions fréquentes sur les côtes de la Nouvelle-Grenade, ravageant et pillant les villes, enlevant le bétail, surtout les esclaves destinés à la culture des terres et à l'exploitation des mines.

Voulant à tout prix faire cesser ces déprédations, le roi d'Espagne ordonna à l'amiral Frédéric de Tolède d'occuper Saint-Christophe et Sainte-Catherine au nom de la cou-

(1) Petites Antilles (îles du Vent).

ronne. Il devait aussi conduire à Cartagène
tous les corsaires et tous les officiers royaux
dont il pourrait s'emparer.

L'illustre marin tomba comme la foudre
sur les deux îles, où Anglais et Hollandais
avaient depuis plusieurs années amassé un
butin immense, et transporta ses prisonniers sur les galions du roi, dans la baie
de Cartagène.

Toutefois le vainqueur ne permit pas
d'abord que les étrangers descendissent à
terre, dans la crainte qu'ils ne découvrissent
le côté faible des fortifications de la place.
Sans doute aussi voulait-il qu'il fût impossible aux hérétiques de répandre leurs erreurs
dans un pays soumis à la couronne d'Espagne. Il les obligea donc à demeurer dans
le port jusqu'à ce qu'un échange de prisonniers leur eût rendu la liberté.

A part cette contrainte un peu rigoureuse,
mais qui s'explique par de si justes raisons,
les marins anglais et hollandais, en captivité
à Cartagène, furent traités avec beaucoup
d'humanité par les autorités civiles et militaires de la place : heureuse captivité, qui
valut à beaucoup d'entre eux la grâce de

rentrer dans le sein de leur mère la sainte
Église.

Dans l'ardeur de son zèle, le P. Claver ne
put résister longtemps au désir de montrer
à ces hérétiques l'amour ardent dont son
cœur était embrasé pour le salut de leurs
âmes.

Avec l'agrément de son supérieur il obtint
bientôt du commandant des galions, la permission d'aller visiter ces étrangers pour
s'informer de leurs besoins.

A peine était-il monté à bord que les officiers espagnols, chargés de la garde des
prisonniers, s'empressèrent autour de lui
(beaucoup le connaissaient déjà) pour le
prier de leur dire la messe dès le jour suivant, parce qu'ils avaient été privés de cette
grâce pendant tout le temps qu'ils étaient
aux îles.

Le Père Claver le leur promit volontiers,
et dès le lendemain il célébra sur le pont le
saint Sacrifice en présence des marins étrangers, qui se montrèrent fort intéressés par
un spectacle si nouveau pour eux.

Après la messe, les Espagnols invitèrent
les Pères à dîner et prièrent un certain nom-

bre d'Anglais et de Hollandais de se joindre
à eux. Le Saint ne se décidait jamais, que
dans les cas tout à fait exceptionnels, à accepter la moindre chose hors de la Résidence.
Toutefois, dans la circonstance, il consentit volontiers et très joyeusement à prendre
part à ce déjeûner militaire.

Sur la fin du repas, qui fut très gai, les
Anglais demandèrent au P. Claver s'il lui
plaîrait de s'entretenir avec leur ministre
qui, pensaient-ils, serait très heureux lui-
même de le connaître.

Le Saint leur ayant répondu qu'il serait
charmé de lui offrir ses respects, les officiers
lui présentèrent un homme un peu âgé et
d'aspect très vénérable. C'était, lui dirent-ils,
un membre du clergé de Londres, chargé
jusqu'à ce jour du service religieux dans l'île
Saint-Christophe.

Le Père accueillit cet ecclésiastique avec
une parfaite courtoisie, et bientôt, sur ses
instances, il lui accorda un entretien particulier qui se prolongea une bonne partie de
la journée.

Le *prélat des Anglais* (c'est le nom que lui
donnaient les Espagnols) engagea très vite

la conversation sur la question religieuse, et
le Saint n'eut pas de peine à comprendre que
ce pauvre gentleman avait des doutes trop
bien fondés sur la solidité de sa créance;
qu'il n'était pas loin, malgré lui peut-être,
de voir la vérité dans son plein jour.

Le Père Claver lui fit aisément constater
sur quel fondement ruineux s'appuie l'Eglise
anglicane.

Les Anglais, jadis, étaient nos frères dans
la foi.

Au moment où le P. Claver et son inter-
locuteur échangeaient cette conversation, il
y avait à peine un siècle qu'ils avaient quitté
le sein de l'Eglise. L'Angleterre, *l'île des
Saints*, fille si tendrement aimée de sa mère,
l'avait abandonnée, pour suivre, non pas le
véritable pasteur, mais hélas! l'adultère cou-
ronné, nouvel Hérode, ivre du sang des
martyrs !

Oui, disait le Saint au ministre anglican
qui l'écoutait, les larmes aux yeux, ce vaillant
roi d'Angleterre, le *défenseur de la Foi*, ainsi
que le Pape Léon X l'avait proclamé jadis
aux applaudissements de la chrétienté, cet
Henri VIII qui avait si vigoureusement réfuté

les doctrines empoisonnées de Luther, en était venu, pour l'amour d'une femme, à se séparer du *Prince des Pasteurs*, du chef légitime de l'Eglise, consacré par Jésus-Christ lui-même pour paître agneaux et brebis, entraînant avec lui le grand peuple anglais dans l'apostasie qui depuis un siècle a perdu tant de milliers d'âmes.

Et le P. Claver, embrasé par la chaleur d'un saint zèle, l'adjurait de confesser ce que sa conscience lui criait...

Le prélat, qui avait longtemps gardé le silence, le rompit enfin, avouant avec un profond gémissement qu'il voyait la vérité, mais qu'il n'avait pas le courage de la suivre.

La pensée, hélas! qui énervait son courage, c'était de laisser dans la détresse sa femme et ses enfants, à qui son traitement annuel était absolument indispensable. Seul, il eût volontiers affronté la pauvreté; mais il serait sans force pour voir souffrir les siens!

Alors le P. Claver lui rappela fort heureusement l'exemple héroïque donné au monde par l'illustre chancelier d'Angleterre, Thomas More.

Sa femme qu'il aimait tendrement était

venue se jeter à ses genoux, le suppliant de se soumettre à la volonté du roi, pour sauver à la fois sa propre vie et la fortune de ses enfants.

« Voulez-vous donc, avait répondu le martyr, que pour ces quelques misérables années qui me restent peut-être encore à vivre, je perde mon éternité! »

Et le prélat suppliait le Saint de lui dire s'il ne pouvait pas du moins être catholique de cœur, et remettre au jour de sa mort la profession extérieure de la vraie foi. Le Père n'eut pas de peine à le convaincre que cette excuse serait sans nulle valeur au tribunal de la Justice infinie, et que, d'ailleurs, c'était folie de compter, pour se repentir, sur un temps que Dieu ne nous promet point.

Et Claver lui répétait avec force ces paroles du Sauveur, dans l'Evangile : *Veillez! car vous ne savez ni le jour ni l'heure* (1)!

Rappelez-vous, disait-il encore, ce mot désespéré d'Henri VIII mourant, prononcé devant les témoins de sa triste agonie : *Omnia perdidimus*, nous avons tout détruit! Et il excitait le prélat anglais à prévenir, mieux

---

(1) *Vigilate itaque, quia nescitis diem neque horam.* Matt., xxv, 13.

avisé que le pauvre roi d'Angleterre, la colère de son juge par une sincère pénitence.

L'Anglais, très ému, le conjurait avec larmes de prier beaucoup pour son âme. Le Saint enfin le quitta en lui répétant la parole de flamme qu'Ignace de Loyola enfonçait au cœur de Xavier : *Que sert à l'homme de gagner tout l'univers, s'il vient à perdre son âme* (1)?

Cependant Claver suppliait Dieu, avec sa ferveur coutumière, de toucher le cœur du prélat.

Et voici qu'un peu après la Toussaint — la conversation que nous venons de rapporter s'était tenue exactement, le 21 du mois précédent, le jour de la fête de sainte Ursule (2) ; — le P. Claver, entrant un matin à l'hôpital, apprenait que sur un ordre pressant du gouverneur, un homme gravement atteint d'une affection contagieuse venait d'être débarqué des galions qui servaient de prison aux étrangers, et porté, en litière

---

(1) *Quid prodest homini, si mundum universum lucretur, animæ vero suæ detrimentum patiatur.* Matt., xvi, 26.

(2) Le P. Claver, dans cet entretien, avait fait allusion au martyre de sainte Ursule, *votre compatriote*, disait-il au prélat, *dont nous célébrons la fête aujourd'hui, dans l'Église romaine.*

12

fermée, chez les Frères de Saint-Jean de
Dieu.

Le Saint se hâte auprès du malade, et quel
n'est pas son étonnement de reconnaître le
ministre anglican dont il demandait la conversion avec de si instantes prières.

« Il est temps, grand temps, mon Père,
lui dit le prélat, dès qu'il l'aperçut, il est
temps d'accomplir enfin la promesse que j'ai
faite de mourir dans la religion catholique,
la religion de mes ancêtres. »

Le Père Claver tressaillit de joie, en
voyant que Dieu lui donnait cette âme, pour
le salut de laquelle il avait tremblé. Il n'avait
plus qu'à rendre grâces et à s'humilier devant
un tel prodige de miséricorde.

Durant les quelques jours qu'il vécut
encore, le nouveau converti ne cessa d'édi-
fier les assistants par la vivacité de son
repentir, exhortant les Anglais et les Hollandais, qui avaient été admis à l'hôpital en
même temps que lui, à tenir, jusqu'à la
mort, la foi que professe la sainte Église
catholique, apostolique et romaine, hors de
laquelle, disait-il, avec une calme énergie,
il n'y a point de salut.

Il fit son abjuration entre les mains du P. Claver, puis reçut le Baptême sous condition, la Pénitence et l'Eucharistie avec le sacrement des infirmes, louant, jusqu'au dernier soupir, la divine bonté, qui avait été pour lui si riche en miséricordes.

Les conversions que fit le Père Claver parmi ces étrangers ne furent pas sans lui coûter beaucoup de peines et d'humiliations. C'était sa plus précieuse récompense. Quelques malades, loin de le recevoir avec plaisir, se bouchaient les oreilles et le couvraient d'injures, quand il s'approchait de leur lit. Plusieurs se jetaient sur lui avec colère et le frappaient violemment.

Peu à peu, cependant, la douceur et la bonté du serviteur de Dieu fit impression sur ces pauvres hérétiques. Ils avaient toujours regardé les prêtres catholiques comme des hommes pleins d'astuce, de mensonge et d'orgueil. L'Eglise romaine était, pour eux, *la grande prostituée de l'Apocalypse*, justement abominable aux yeux du Seigneur.

La charité héroïque du P. Claver, dont ils étaient témoins tous les jours, commença de les éclairer sur ces mensonges de l'hérésié, et la grâce de Dieu fit son œuvre dans ces cœurs de bonne volonté.

En même temps qu'il s'occupait des marins étrangers, il donnait ses soins aux nègres venus avec eux des îles Saint-Christophe et Sainte-Catherine. C'était pour le Saint un travail écrasant, car il fallait, à la fois, arracher de leurs cœurs le paganisme et l'hérésie.

Cependant les marins hollandais entrés à Saint-Sébastien s'étaient convertis franchement avant de mourir, et avaient expiré dans les sentiments de la foi la plus vive.

Malgré les bontés du P. Claver, un malade était pourtant demeuré sourd à toutes ses instances, et le Saint le voyait en tremblant entrer dans son éternité, sans qu'il pût se rendre compte s'il était de bonne foi dans sa persistance à professer le protestantisme. Enfin la prière ardente du serviteur de Dieu vint à bout de cette âme qu'il disputait à l'enfer avec tant de générosité. En pleine connaissance, le Hollandais se déclara convaincu de la vérité de la religion catholique, et la ferveur qu'il montra jusqu'au dernier souffle de sa vie, rassura pleinement tous ceux qui avaient tremblé pour son salut.

Un seul hérétique restait encore à Saint-Sébastien, et, pour celui-là, tout, humainement, donnait à penser qu'il persévérerait dans l'erreur.

Loin d'être touché des attentions et de la charité du Père, il le traitait, chaque jour, d'hérétique et d'imposteur, affirmant tout en colère que ce *maudit jésuite* ne le séduirait pas comme il en avait déjà séduit d'autres.

Le P. Claver recevait ces injures avec une admirable douceur et une joie visible de souffrir pour l'amour de Jésus-Christ; aussi les témoins de cette lutte émouvante commençaient-ils à espérer, *contre l'espérance même*, que l'humilité du serviteur de Dieu obtiendrait, par un miracle de la grâce, la conversion de l'hérétique.

Un matin, le P. Claver entrant dans la salle où l'on avait mis ce pauvre obstiné, voit avec surprise cet homme faisant de grands gestes d'appel pour attirer son attention. Le Saint se hâte vers lui, et voici que l'étranger lui demande pardon, les larmes aux yeux, de l'avoir ainsi maltraité. Et le Père, au com-

12.

ble de la joie, embrassait ce nouveau frère en
remerciant Dieu d'avoir ainsi changé son
cœur.

Cependant le Hollandais lui coupe la
parole ; il a hâte de découvrir au religieux
la cause d'un changement si soudain.
« Sachez, mon Père, lui dit-il, que ce marin,
dont il y a trois jours vous receviez l'abjuration, et qu'on a enterré hier, m'est apparu,
cette nuit. Il m'a fait comprendre qu'il n'y
a point d'autre route pour arriver au salut,
que celle que vous enseignez, et que par
elle seulement, lui et ses compagnons se
sont sauvés. Il m'a ordonné de vous demander
pardon de toutes les fautes que j'ai commises
envers vous, d'ajouter foi en vos paroles et
de remettre mon âme entre vos mains.

Le marin ajoutait qu'on devait se hâter
de le préparer à la mort, que ses jours
étaient comptés, et que dans quarante-huit
heures il serait entré dans l'Eternité.

On devine la joie du P. Claver et les
actions de grâces qu'il rendit à Dieu. Le
Hollandais fit son abjuration et reçut avec
une grande foi tous les sacrements de l'Eglise.
Il expira ensuite, dans une paix à faire envie.

Le P. Claver et les autres Pères de la
Résidence convertirent, dans cette occasion,
environ sept cents hérétiques. Quelques-uns
étaient morts, pleins de ferveur et de joie, à
l'hôpital Saint-Sébastien ; mais le plus grand
nombre avaient survécu.

La divine Providence se servait en même
temps de l'exemple d'un de ces hérétiques
pour procurer la conversion d'un catholique
espagnol, dont le P. Claver demandait instamment le retour à Dieu.

Le fait se passa aussi à l'hospice Saint-
Sébastien.

Un Hollandais calviniste se montrait si
rebelle à toutes les exhortations, que le Père
Claver, désolé, allait cesser toutes instances,
remettant l'heure de Dieu à un temps plus
favorable. Soudain, à deux pas il s'arrête
devant un autre lit, où gisait un Espagnol,
animé d'une haine si implacable contre son
ennemi, qu'il était résolu à le tuer partout où il pourrait le trouver.

Comme le Saint le suppliait de vaincre son
désir de vengeance pour l'amour de Jésus-
Christ : « Mon Père, lui dit froidement l'Espagnol, j'y renoncerai quand celui que vous

venez de voir tout à l'heure renoncera lui-
même à son hérésie. Vous voyez, par consé-
quent, que vous ne gagnerez rien avec
moi. »

Aussitôt le P. Claver tombe à genoux,
suppliant Jésus, par les mérites de sa Passion,
de sauver d'un coup ces deux âmes qui lui
ont coûté si cher...

Merveille de la grâce! A l'instant même on
vient annoncer au Père que l'hérétique est
complètement retourné, qu'il veut abjurer, et
se confesser avant de mourir.

Alors, le Saint, les yeux ravis, se tourne
vers celui qui avait juré d'expirer avec son
désir de vengeance : « Ne voyez-vous pas,
mon fils, lui dit-il, que Dieu veut vous avoir,
à quelque prix que ce soit! Oui! Il veut à la
fois sauver deux pécheurs. Allons donc à ses
pieds, remercier ce bon Sauveur! »

Stupéfait de ce qu'il entend, l'Espagnol
veut apprendre du Hollandais lui-même la
confirmation de cette nouvelle. Celui-ci
avoue que c'est la vérité même, et qu'il croit
maintenant à la sainte Eglise catholique,
apostolique et romaine.

Aussitôt l'Espagnol se jette aux genoux

du P. Claver, disant qu'après ce qu'il vient
de voir il se rend à ce coup de la grâce, et
qu'il veut se réconcilier avec son ennemi.

CHAPITRE XIX

L'ANGE DE LA PAIX

Le P. Claver avait été surnommé *l'ange de la paix*, et jamais appellation ne fut plus justement méritée.

Si dans les rues de la ville il voyait se produire quelque altercation parmi les gens du peuple, il accourait aussitôt, et sa seule présence calmait à l'instant les cœurs irrités.

A Cartagène, les jeux d'adresse ou de hasard étaient grandement en honneur, sur les places et dans les carrefours, donnant naissance à des querelles ou même à des rixes parfois sanglantes, qui troublaient gravement la tranquillité publique.

Quand il passait par les rues, le Saint

s'interposait toujours pour prévenir les occasions de désordre, réglant les mises des partenaires, prohibant les fraudes qui faisaient de certains jeux, en eux-mêmes innocents, un trafic honteux et une source de scandales de toute espèce. Sa décision était toujours acceptée, les yeux fermés, tant la charité avec laquelle elle était donnée rendait aimable la leçon.

Il cherchait un prétexte d'intervention, d'ailleurs assez facile à trouver, dans les boutiques, les ateliers ou les quartiers militaires, exerçant partout ce ministère de pacificateur qui a gagné tant de cœurs à Dieu. Combien de haines invétérées furent éteintes ; combien d'âmes ulcérées sentirent s'accoiser leurs passions brûlantes, par une parole d'amour tombée de ses lèvres.

L'ange de la paix avait passé, répandant sur ses pas le parfum de la charité.

Sa grande réputation de vertu lui avait attiré peu à peu un grand nombre de pénitents des classes les plus distinguées de Cartagène, justement désireux de se mettre sous sa direction spirituelle. Le Saint ne refusait point absolument de se charger de leurs âmes ; mais il avait l'art de décourager *très suavement* beaucoup de ceux qui voulaient s'adresser à lui. Il disait qu'il y a, d'ordinaire, peu de fruits à recueillir de l'apostolat parmi les grands ; que trop souvent leur prospérité les enivre ; qu'on perd, du moins, beaucoup de temps avec eux. Pour lui, Dieu l'avait envoyé aux petits de ce monde, et particulièrement à ses très chers fils en Jésus-Christ, les pauvres nègres, dont il avait été constitué l'apôtre.

Cependant le P. Claver n'était nullement exclusif : plusieurs personnes de haut rang, distinguées par une piété du meilleur aloi, recevaient sa direction ordinaire.

Enfin dans les maladies, les deuils et les épreuves de tout genre, il prodiguait à tous, même à ceux qui n'étaient pas ses pénitents habituels, grands ou petits, riches ou pauvres, avec le réconfort de l'amitié, les consolations de la Foi.

C'était surtout dans les derniers mois de l'année, depuis septembre jusqu'à la Noël, que le P. Claver trouvait l'occasion d'exercer le zèle ardent dont Dieu l'avait doué pour le salut du prochain, particulièrement ce don éminent qu'il avait reçu de calmer les cœurs et de leur donner la paix véritable.

A cette époque la baie de Cartagène voyait affluer vers elle toutes les flottes de l'Espagne qui s'y donnaient rendez-vous du Pérou, de Quito, du Mexique, et de toute l'Amérique du Sud, sans compter les escadres venues directement de la mère-patrie.

Le port de Cartagène était alors, plus qu'en aucun temps, le centre d'un mouvement extraordinaire de vaisseaux de toutes les nations. Malheureusement, comme il n'est que trop facile de l'imaginer, des excès de toute nature étaient la conséquence naturelle de cette mêlée fiévreuse d'appétits et d'intérêts.

A peine débarqués sur ce rivage, où la vie des sens exalte la soif de l'or, ces natures ardentes donnaient carrière à toutes les audaces.

Les duels, les assassinats, les suicides, les rapts, l'usure la plus éhontée, la luxure, l'ivrognerie, le blasphème, coulaient à flots débordés, impur torrent qui faisait exulter l'enfer.

Voilà le tableau, nullement chargé, que

présentait, dans les premières années du
xviiᵉ siècle l'opulente reine de l'Occident,
Cartagena de las Indias !

Grâces à Dieu, après la ruée du vice infâme
un souffle d'air pur allait chasser les miasmes
délétères, où d'un lourd sommeil la cité dor-
mait.

L'ange de Cartagène allait passer !

Le P. Claver n'avait pu rester spectateur
insensible des offenses commises contre la
majesté divine durant ces jours de péché.

Fort de sa confiance en Dieu, il attendait
l'assaut de l'ennemi.

Durant une bonne partie de la journée il
se tenait sur la place la plus fréquentée de
la ville, où aboutissaient les quatre principales rues.

Avec le concours de quelques jeunes hommes d'élite et d'une pitié exemplaire, qui
lui étaient absolument dévoués, il commençait, au moment où la chaleur va tomber, à
faire refluer vers la *piazza major*, les prome-
neurs et les gens d'affaires qui s'y donnaient
le plus souvent rendez-vous. Alors il exhortait la foule à la pénitence, et par ses paroles enflammées, la grâce aidant, il obtenait

des conversions sans nombre, de sorte que
bien des gens qui ne songeaient à rien moins
qu'à leur salut en venant à la promenade,
touchés soudain d'un profond repentir de
leurs péchés, prenaient une ferme résolution
de changer de vie et de réparer le scandale
donné.

Qui dira le nombre des jeunes gens ramenés, à cette époque de l'année, par le Père
Claver, à la foi et aux bonnes mœurs ! Celui
de tant de pauvres filles, qu'il a sauvées en
leur procurant le moyen de s'établir honnê-
tement !

Il allait, lui-même, sur la flotte, recueillir
des aumônes, et il avait obtenu des magistrats que le produit de certaines amendes fût
attribué à cette œuvre de préservation. Cette
sage mesure fit cesser bien des scandales et
procura le salut d'un grand nombre d'âmes.
Dieu bénissait si visiblement, dans ces jours-
là, les travaux entrepris par son serviteur,
que les confessionnaux étaient assiégés
comme au temps de la semaine sainte.

C'est par ces labeurs incessants, surtout
par la toute-puissance de sa prière que
saint Claver fut durant quarante ans l'ange et

l'apôtre de Cartagène, ville corrompue *jus-qu'aux moëlles*, au début de son ministère, et dont il fit une ville sainte, au point qu'on y vit, pendant quelques années, fleurir les vertus et la piété des premiers chrétiens.

L'idée qu'on avait conçue de la sainteté du Serviteur de Dieu était si fortement et si universellement établie, longtemps même avant sa mort, que tous les âges et toutes les professions exprimaient à l'envi, la vénération, la tendresse que leur inspirait sa personne. Les évêques ou les personnages de marque, de passage à Cartagène, les religieux les plus en renom de vertu, les gouverneurs de provinces ou même les vice-rois sortis de charge, ou allant prendre possession de leur commandement, se faisaient un honneur de lui être présentés, un bonheur surtout, de recevoir sa bénédiction et de se recommander à ses prières.

Le marquis de Mancera, vice-roi du Pérou, sur le point de retourner en Espagne, avait tenu absolument à ne point quitter Cartagène sans avoir revu une dernière fois le serviteur de Dieu. Il voulait à tout prix obtenir quelque objet qui lui eût appartenu. Le Saint, par

humilité, s'en défendait, disant qu'il ne possédait rien qui pût être utile au vice-roi. Le
Père Supérieur, qui assistait à l'entretien,
demanda alors au Frère Gonzalez s'il ne
pourrait pas trouver quelque image ou quelque médaille qui pût satisfaire la piété du
marquis. Le Frère ayant répondu que le Saint
possédait une petite croix, ornée de quelques
reliques, le Père Supérieur la fit apporter et
la remit aussitôt au vice-roi, qui la reçut
avec les témoignages de la plus vive satisfaction, déclarant qu'il faisait plus de cas de
ce souvenir que de l'insigne de la Toison
d'or dont il était décoré.

« Hélas ! Monseigneur, fit le pauvre
P. Claver, en se voyant privé de cette petite
croix. au moyen de laquelle il avait fait tant
de miracles, vous m'emportez là toute ma
consolation et ma médecine. »

Si les plus grands personnages profes-
saient, à l'égard du serviteur de Dieu, cette
sorte de vénération qu'on ne porte qu'aux
Saints, les pauvres, les petits étaient, nous
l'avons dit plus d'une fois, l'objet de ses
tendres prédilections.

Au sortir de leurs écoles les enfants

venaient en foule à sa rencontre, se jetant à genoux à ses pieds : « *Saint Claver*, disaient-ils, priez Dieu pour moi. »

Le bruit s'était répandu dans les Indes qu'il avait été révélé à une sainte âme de Lima que Dieu eût détruit Cartagène, quelques années auparavant, sans les prières de son apôtre. Depuis ce temps on entendait souvent les enfants chanter dans les rues : « Pour un Claver Dieu a sauvé Cartagène. »

Dieu se servait ainsi de la bouche des innocents pour donner à son serviteur cette louange parfaite, témoignage éclatant de sa vertu.

TROISIÈME PARTIE

DERNIERS JOURS

CHAPITRE XX

GETHSÉMANI

Le grand Jubilé de 1650 allait apporter à l'apôtre de Cartagène un énorme surcroît de fatigues et d'occupations. Durant les premiers six mois il se dépensa sans mesure pour disposer les fidèles à profiter de ce temps de grâce, à régler les affaires de leur conscience, à obtenir le pardon de Dieu.

Après la métropole, ce fut le tour des villes et des bourgs de la côte, que le P. Claver avait à cœur de préparer aux mêmes faveurs spirituelles. Il s'épuisa tellement dans ce laborieux ministère que son supérieur dut lui envoyer l'ordre formel de rentrer à Cartagène.

Il obéit sur le champ; mais il revenait si

13.

défait, si amaigri que les Pères de la Résidence eurent peine à le reconnaître.

A ce moment, la *Reine des Indes* était en
proie au terrible fléau qui avait déjà porté
ses ravages au Mexique, dans les Antilles et
sur une grande partie des côtes de l'Amérique méridionale.

Plusieurs Pères de la Résidence de Cartagène avaient déjà succombé, victimes de leur
charité. Le P. Claver arrivait pour prendre
sa part du péril et du travail, et ce fut pour
lui un très douloureux martyre de se sentir
impuissant en présence de la tâche immense
qui l'attendait.

On avait cru qu'épuisé comme il était, il
serait emporté par la première atteinte de la
peste. Aussi le supérieur et le médecin du
collège, voyant qu'il n'avait plus qu'un
souffle de vie se hâtèrent-ils de lui faire
administrer les derniers sacrements.

Et lui, en dépit de ses forces défaillantes,
suppliait ses frères qu'on voulût bien le dépo-
ser sur le sol pour lui donner la consolation
de recevoir son Sauveur avec un sentiment
plus intime de son abjection. Il ne céda que
devant la volonté formelle des Supérieurs qui

redoutaient de le voir expirer de pure faiblesse.

A chaque instant on attendait son dernier
soupir.

Et pourtant, contre toute apparence, il
revint peu à peu, sinon à la santé, du moins
à cette vie précaire qui sera sienne désormais. Dieu laissait pour quelques années
encore à l'Eglise de Cartagène l'ange tuté-
laire qui la protégeait.

Mais si le danger était éloigné pour un
temps, ce n'était pas la guérison. Le Père
resta, toute sa vie, affligé d'un tremblement
continuel et violent, de tous les membres.
Il faudrait maintenant l'habiller, soutenir sa
marche chancelante, le faire manger comme
un enfant. Il n'aura plus jamais la consolation de dire sa messe, le grand bonheur
de sa vie!

Mais Dieu lui-même a parlé. Les jours de
l'action sont passés. L'apôtre n'a plus qu'à
prier et à souffrir. Demeurer sur sa croix dans
une impuissance complète, un anéantisse-
ment de quatre années, nouveau genre de
martyre où le bon plaisir de Dieu l'attend
pour mettre le dernier sceau à sa sanctifica-

tion : un cœur embrasé d'amour peut-il souhaiter plus beau partage?

Après qu'il eut repris un peu de force, il commença à descendre péniblement à la chapelle, pour avoir le bonheur d'entendre la messe et de faire la sainte communion. Il se traînait ensuite à son confessionnal où il recevait tous les pénitents qui désiraient lui parler. Chaque soir, il allait trouver son confesseur, bien que celui-ci eût très souvent offert de se rendre auprès de lui. Mais il ne souffrit jamais, tant qu'il put encore faire un pas, que le prêtre qui devait l'absoudre se dérangeât pour monter jusqu'à sa chambre; et ce religieux, d'une innocence angélique, s'accusait de ses plus légères fautes avec les marques de la plus vive douleur. Saintement jaloux d'expier les crimes qui outragent la Majesté divine, le Saint vieillard trouvait encore des forces pour se flageller cruellement. Alors ses membres cessaient de trembler, semblant reprendre une vigueur nouvelle dans son ardeur à punir l'offense de Dieu.

Cependant, le fléau qui désolait Cartagène avait réduit à un si petit nombre les Pères du collège qu'ils ne pouvaient suffire aux demandes des malades réclamant le secours de leur ministère. Malgré leur bonne volonté, le P. Claver était parfois un peu délaissé, et les heures durent souvent lui paraître longues.

Bientôt Dieu permit qu'il fut réduit à une solitude presque complète. Les Pères demeurés encore à la Résidence, le Frère Gonzalez, le Frère Lopez, montaient parfois, en hâte, jusqu'à sa chambre pour s'informer de ses besoins. D'ailleurs, il ne se plaignait jamais. Du matin au soir il ne faisait que prier pour les pécheurs, surtout pour les agonisants, qui, dans cette ville infortunée, paraissaient, à chaque heure, devant le tribunal de Dieu.

Uni par les liens de la plus étroite charité à ce peuple si cher qu'il avait engendré en Jésus-Christ, il souffrait cruellement de son martyre, et, comme Notre-Seigneur au jardin, il disait dans l'amertume de son âme : *Pater mi, si possibile est, transeat a me calix iste, verumtamen non sicut ego volo, sed sicut tu* (1).

(1) Mon Père, s'il est possible, faites que ce calice passe loin de moi ; mais pourtant qu'il n'en soit pas fait comme je le veux, mais comme vous le voulez. Matt., xxvi, 39.

Et, dans la solitude réservée à ses vieux ans, il répétait, avec une immuable résignation ces paroles de la Passion selon saint Marc : *Cœpit pavere et tœdere*. Il commença à éprouver l'épouvante, l'ennui (1).

Il fallait enfin, pour parachever sa ressemblance avec Jésus agonisant, il fallait que l'apôtre qui si longtemps s'était dévoué au salut du prochain, fût pendant près de trois ans universellement oublié dans cette ville de Cartagène qui lui devait tout! A l'exception de trois ou quatre pieuses femmes, qui venaient parfois prendre de ses nouvelles, personne ne pensait plus à lui. L'oubli s'était fait sur son œuvre et sur son nom!

Il se trouvait alors abandonné à la discrétion d'un jeune nègre brutal et maladroit, qui le fit souffrir de bien des manières. Ce garçon, chargé de lui porter sa nourriture, ne lui présentait les aliments qu'absolument froids; d'ailleurs avait-il soin d'en prélever pour lui-même ce qu'il trouvait à son goût. Il servait le Père avec des mains si malpropres que l'estomac le moins délicat en eût bondi.

(1) Marc., xiv, 33.

C'était à peine si la chambre du malade était balayée, vaille que vaille, une fois chaque mois.

Des restes d'aliments, mêlés à des cadavres de moustiques en putréfaction, traînaient sur la table ou dans les coins de la pièce, répandant une odeur nauséabonde, qui rendait insupportable le séjour de l'appartement.

Le Saint ne se plaignait pourtant pas de son serviteur. Tout au plus faisait-il remarquer quelquefois qu'on ne l'aidait pas à s'habiller à temps pour qu'il eût la consolation d'assister à la sainte messe...

Un jour, que le pauvre Père avait essayé de se lever seul, il tomba si lourdement qu'il se fit une plaie considérable à la tête. Un Frère, ayant entendu le bruit de sa chute, s'était hâté d'accourir, offrant au P. Claver de venir désormais chez lui tous les matins; mais le Saint avait énergiquement réclamé qu'on lui laissât son nègre, auquel, disait-il, il était assez habitué.

Cependant le méchant garçon traitait sa victime avec une brutalité révoltante. En habillant le Père, il le secouait avec rudesse, lui frappait la tête contre le mur ou la table:

Dans ces occasions et autres semblables, le Saint se contentait de dire en souriant : « Mes péchés en méritent bien davantage! »

CHAPITRE XXI

DERNIÈRES CONSOLATIONS

Cependant le redoutable fléau, qui avait si longtemps désolé la ville, diminuait d'intensité. Les Pères, qui pendant les derniers mois s'étaient épuisés au chevet des malades et des mourants, respiraient un peu et pouvaient à présent s'occuper du pauvre infirme, négligé forcément pendant ces terribles jours. Lui souffrait encore de la cruelle paralysie qui lui laissait à peine la force de faire quelques pas. Il était pourtant alors un peu moins débile. Parfois le tremblement nerveux qui l'agitait semblait s'apaiser. Il recevait, çà et là, quelques visites au parloir des très rares amis qui ne l'avaient pas oublié.

Un jour qu'il s'entretenait avec doña Isabel
d'Urbina, venue pour le supplier de vouloir
bien lui continuer sa direction, il lui parla
de l'épreuve qui s'était récemment abattue
sur la cité. « Cette maladie, lui disait-il,
avait été salutaire pour un grand nombre
d'âmes; mais, l'année prochaine, elle revien-
dra avec un grand profit pour beaucoup
d'autres, qui, la première fois, ne s'étaient
pas trouvées suffisamment préparées. — Eh!
quoi? mon Père, interrompit vivement doña
Isabel, la peste! la peste, encore, à Cartagène! — Vous m'en direz des nouvelles au
mois d'octobre, insista doucement le Saint. »
— Et, de fait, une reprise du fléau, moins
grave pourtant, croyons-nous, que la première atteinte, devait encore, au temps
marqué, désoler la ville.

Quelques mois avant sa mort, l'apôtre des
nègres allait goûter une grande joie, qui dut
faire vivement tressaillir son cœur. On lui
annonça qu'un vaisseau chargé d'esclaves
venait de jeter l'ancre dans le port de Cartagène. C'étaient, paraît-il, des noirs appartenant à la féroce tribu des Ararais, dont il
n'était arrivé, depuis trente ans, aucun

représentant en Nouvelle-Grenade. Ils étaient
disait-on, encore tous païens, aucun interprète ne s'étant présenté, qui connût un
peu la langue parlée par ces malheureux.
L'aumônier du navire était mort dès le
début de la traversée, et l'on n'avait même
pas baptisé les enfants nés pendant le voyage.

A cette nouvelle le P. Claver exulte. Soutenu par son cœur et sa foi, il se lève. Ses
jambes infirmes, ses bras paralysés vont le
servir encore dans l'accomplissement de cet
acte suprême de charité fraternelle. Il s'em-
presse, il conjure qu'on lui procure à tout
prix, un interprète qui connaisse suffisamment
la langue des nouveaux débarqués. La Providence bénit les recherches. Un nègre de la
nation des Ararais est enfin trouvé et se présente pour assister le vieux missionnaire.
Appuyé sur des bras amis, le Père se hâte
vers les cases où sont enfermés les esclaves
étrangers. On vit alors cette touchante merveille. Au moment où le Saint est mis en
présence de ces nègres qui ne l'ont jamais
vu, qui n'ont jamais entendu parler de lui,
ces pauvres gens, mus par une inspiration
secrète de la grâce, courent en foule vers lui,

se jettent à ses pieds; et lui, leur faisant mille caresses, les embrassait avec effusion, leur disant qu'il serait leur père et qu'il leur montrerait le chemin du Paradis.

Il n'avait plus, comme autrefois, la force d'instruire les catéchumènes, pendant des journées entières; mais avant que les Ararais eussent quitté Cartagène, il avait voulu du moins baptiser lui-même tous les enfants qui n'étaient point encore parvenus à l'âge de raison.

Ce fut le dernier fruit de sa vieillesse.

D'autres religieux de la Compagnie l'avaient assisté pour l'instruction des adultes.

Peu de temps après l'arrivée des Ararais, on annonçait à la Résidence que le Général de la Compagnie de Jésus venait d'envoyer à Cartagène le P. Diégo de Farina chargé de remplacer le P. Claver dans l'apostolat des nègres.

A cette nouvelle un cri de reconnaissance, un cri de joie jaillit du cœur et des lèvres de l'apôtre. Il verra donc enfin de ses yeux celui qu'il attendait depuis si longtemps!

Il se lève aussitôt, se fait habiller en hâte, suppliant qu'on l'avertisse dès que le voyageur sera présent dans la maison.

Puis, soutenu par son nègre, le Saint infirme se traîne vers l'appartement préparé au P. de Farina, et tout le long des corridors il répétait d'une voix tremblante : « Baptiser les nègres ! Baptiser les nègres ! Oh ! la bonne nouvelle ! »

Entré dans la chambre, il se jette aux genoux du voyageur, tandis que celui-ci se demande, tout étonné, quel est ce vénérable Père qu'il ne connaît pas. A peine a-t-il entendu le nom de Claver, que le Père de Farina se jette à son tour aux pieds du Saint en implorant sa bénédiction. Il proteste qu'il le tiendra toujours pour son maître, et qu'il ne fera rien que par sa direction.

Au sortir de la chambre, le P. Claver disait avec une grande joie dans les yeux : « Je n'ai plus, maintenant, mon Dieu, qu'à chanter mon *nunc dimittis.* »

Dans ces mêmes jours, l'Apôtre eut encore une bien douce consolation.

Depuis longtemps il désirait revoir ce cher hôpital Saint-Lazare (1), où durant si longues années son zèle avait opéré tant de

_____

(1) Hôpital des lépreux.

merveilles. Les Supérieurs craignaient bien
un peu pour lui la fatigue inévitable que lui
causerait ce petit pèlerinage ; mais il désirait si vivement cette dernière visite, qu'ils
ne voulurent pas lui refuser cette grande
joie.

On fit venir à la Résidence le vieux cheval
qui portait chaque jour les aumônes recueil-
lies en ville pour les lépreux. C'était bien
l'animal le plus calme, le plus doux de la
création. On attacha soigneusement le Saint
sur le dos de la bête, et il partit, suivi d'un
nègre de confiance qui devait veiller sur lui
pour l'aller et le retour.

Il n'était venu à personne l'idée qu'un
accident fût à craindre. Mais voici que soudain le pacifique animal, qui, de son pied
traînant, traversait chaque jour les rues de
Cartagène, insensible aux coups du bonhomme
qui le conduisait, comme aux railleries des
enfants, ce cheval de tout repos prend tout
à coup le mors aux dents, et dans une course
effrénée, se précipite en furieux à travers la
ville, emportant son cavalier, au grand effroi
des passants.

Cependant le nègre qui l'escortait, criait

du haut de sa tête, tremblant d'arriver trop tard pour prévenir un grand malheur.

Tout le monde affolé courait, s'agitait, se lamentait.

Soudain, on vit le cheval s'arrêter court, puis demeurer immobile et comme pétrifié. Quand on arriva près du Saint, on le trouva au milieu de tout ce bruit, calme et paisible à son ordinaire, l'âme tout absorbée en Dieu (1).

Tous les assistants rendirent grâces au Ciel qui avait préservé son apôtre d'un si grave danger.

Quant à lui, tout à la joie de se retrouver après une si longue absence, au milieu de ses chers lépreux, il les animait à la patience en leur promettant la couronne éternelle qui les dédommagerait si divinement des rudes épreuves de la vie. Il les laissa tout réjouis, tout réconfortés par sa chère présence, leur donnant rendez-vous au Ciel, dans ce beau Ciel, qui pour lui-même et pour beaucoup d'entre eux était si proche désormais.

(1) Ce fut l'opinion unanime à Cartagène que le démon, irrité contre le serviteur de Dieu, qui, depuis tant d'années lui faisait une si rude guerre, avait exhalé sa rage contre lui en tentant de le faire périr.

Cependant l'heure était venue où Dieu, avant de le couronner dans la gloire lui ferait goûter sur la terre la joie qu'il avait désirée avec une extrême ardeur.

Quelques mois avant sa bienheureuse mort, un Père du collège lui apportait la *Vie* du Frère Alphonse Rodriguez, qui venait de paraître tout nouvellement en Espagne.

« Voici, mon Père, lui dit-il, l'histoire de votre saint ami, le Frère Alphonse Rodriguez. C'est lui qui, de là-haut, vous envoie cette petite consolation, en attendant la grande joie que vous goûterez bientôt ensemble, dans la bienheureuse éternité. »

En entendant ces mots, le Saint lève les yeux au Ciel. Son émotion est si vive qu'il peut à peine l'exprimer.

« Béni soit Dieu, s'écrie-t-il enfin, qui me donne aujourd'hui la consolation que j'ai désirée depuis si longtemps.

Il regarde le livre, le pose sur sa tête, sur ses lèvres et sur son cœur. Il fixe longuement le portrait du Frère placé au frontispice de l'ouvrage. Il remercie Dieu, puis regarde encore le livre. C'est lui, c'est bien lui, son saint ami, son très aimé maître, le fils très dévot de Marie, qui lui inspira à lui-même, dès son enfance religieuse, l'ardent amour qu'il eut toujours pour la Reine du Ciel (1).

Quelques Pères, témoins de ces effusions de tendresse, profitèrent de l'émotion du vieillard pour lui demander quelques détails sur certaines circonstances de sa vie. On voulait savoir si le F. Alphonse lui avait réellement prédit qu'il serait missionnaire aux Indes, en particulier à Cartagène. Le P. Claver répondit que le F. Alphonse le lui avait plusieurs fois affirmé.

« Il retraça alors, dit le P. Fleuriau, cette extase prodigieuse dont on a parlé au premier livre de cette histoire, et, en la rapportant il parut entrer, lui-même, dans un semblable ravissement. Ses yeux se fermèrent, la parole lui manqua ; il ne put exprimer que par ses gestes les douceurs intérieures dont son cœur était inondé. »

(1) Le P. Claver, avec la permission des Supérieurs, avait légué, par testament, une partie des écrits du Frère Alphonse à un religieux qu'il affectionnait beaucoup, et qui l'avait souvent accompagné dans ses ministères. Il avait disposé du reste en faveur de ses jeunes Frères du noviciat de Tunja pour aider leur Père Maître à les former à la véritable perfection de leur état.

CHAPITRE XXII

MORT DE SAINT CLAVER

Cependant les forces du Saint déclinaient sensiblement. A partir du commencement de l'année 1654, il ne dormit presque plus. Ses nuits, comme ses journées, se passaient en effusions brûlantes d'amour pour ce Dieu si bon, vers lequel il aspirait de toutes les ardeurs de son être.

A l'approche du soir, il faisait, d'ordinaire, allumer un flambeau ; car il n'aimait pas à demeurer dans les ténèbres. Il tenait à garder près de lui son crucifix, qu'il contemplait souvent durant de longues heures.

Il arrivait parfois que la provision de chandelles dont son gardien s'était muni pour la nuit ne durait pas jusqu'au matin. L'esclave

alors se levait, à l'appel du Père ; mais quand
il revenait dans la chambre, il était bien
étonné de la revoir éclairée. Il ne put pourtant jamais savoir comment le Saint s'était
procuré cette lumière, incapable qu'il était
de se servir lui-même. Quand le nègre manifestait son étonnement, le vieillard répondait
avec simplicité : « Dormez, mon fils, et que
cela ne vous embarrasse point ». Mais lorsque le flambeau avait été placé par le Père
lui-même dans le chandelier, ou qu'il l'avait
allumé de ses propres mains, il ne s'éteignait
jamais, quelque petit qu'il fût, avant la fin
de la nuit.

Vers le milieu de l'année 1654, le Saint
déclara formellement à plusieurs personnes
que sa mort était désormais très prochaine.
Au Frère Gonzalez qui l'interrogeait, il
répondit qu'il sortirait de ce monde, un
jour de fête de la Sainte Vierge.

A peu près dans le même temps, survint
un ordre du roi enjoignant aux Jésuites
d'avoir à démolir promptement la partie de
leur collège adossée aux murs de la ville.

Le P. Claver s'en affligea, moins pour lui-
même que pour quelques malades de la Com-

munauté qui allaient souffrir notablement de
cette mesure. Il était facile de comprendre
que pour le Saint lui-même, déjà si près de
sa fin, ce serait une préoccupation très dou-
loureuse d'avoir à quitter cette chambre où
il vivait depuis quarante ans. Pourtant, sans
se plaindre aux créatures, il se contenta
d'en exprimer sa peine à Notre-Seigneur,
le priant de lui épargner ce désagrément, si
pénible dans la circonstance. Il fut exaucé,
et Dieu lui fit connaître le temps précis de
sa mort.

Vers la fin d'août, il reçut la visite du
marquis de Montalègre, amiral de la flotte,
qui venait se recommander à ses prières pour
obtenir un heureux retour en Espagne. Il
redoutait de rencontrer l'ennemi sur sa route,
dans des conditions défavorables; mais le
Père le rassura, lui promettant qu'il arriverait heureusement dans la mère-patrie, sans
avoir perdu un seul de ses navires.

L'amiral lui avait aussi demandé de lui
donner quelque objet pieux lui ayant appartenu; mais le Saint lui avait répondu qu'un
religieux, ne possédant rien, n'avait pas de
cadeau à faire. Se ressouvenant toutefois que

le marquis avait épousé une petite nièce de
saint François de Borgia, il fit demander au
Supérieur, la permission de détacher de son
rosaire une médaille de saint Ignace, avec
laquelle il avait opéré beaucoup de guéri-
sons. L'amiral fut ravi du présent, qui valait
à ses yeux le plus riche trésor.

Dans les premiers jours de septembre, le
Père reçut longuement un religieux de Saint-
François, son fils spirituel, avec lequel il
eut une conversation toute céleste. Le Fran-
ciscain témoignant au P. Claver le regret
qu'il éprouvait de voir commencer les travaux de la démolition du collège dans un
moment si inopportun : « Je ne les verrai
pas, lui dit le Saint, d'un ton tout à fait affir-
matif. — Et comment ne les verrez-vous pas,
répliqua le religieux, puisque demain on doit
se mettre en besogne. — C'est que, répondit
le P. Claver, j'ai prié Notre-Seigneur de
m'appeler à Lui auparavant, et qu'il a eu la
bonté de me le promettre. »

Cependant le visiteur vient de sortir de
la chambre, quand le Père se rappelle qu'il
conserve dans un tiroir un grand nombre de
billets de confession, signés de lui, pour être

remis, sur leur demande, aux nègres qu'il entendait au saint tribunal. Son humilité s'inquiète ; il redoute qu'après sa mort on ne vénère ces signatures comme des reliques. Il supplie le Frère Lopez, qui se trouve alors près de lui, de brûler immédiatement tous ces papiers. Le Frère hésite ; il va consulter un Père, qui lui défend de rien détruire des objets ayant appartenu au P. Claver.

Cependant le Saint a deviné le mouvement du Frère ; aussi veut-il charger une autre personne d'exécuter sa volonté. Le Frère Lopez rentre dans la chambre ; il dissimule ; il attend. Le Père, affaibli, n'en parle plus ; les billets échappent aux flammes.

Dans la soirée, le Frère Gonzalez lui parlait de ce qu'il avait fait et souffert pour le salut des âmes et la gloire de Dieu. « Hélas ! répondit-il en soupirant, j'ai tout perdu par mes impatiences à supporter mes infirmités ! »

Remarquons pourtant qu'en dépit des bas sentiments qu'il a de lui-même et de sa misère spirituelle, il est pénétré d'une inébranlable confiance dans la miséricorde divine, parlant avec une sereine envie du bonheur qui l'attend dans l'éternité.

Le dimanche, 6 septembre, il se leva (ce fut pour la dernière fois), et, s'appuyant sur deux nègres, il descendit à l'Église, où il reçut son Sauveur avec une dévotion si ardente que sa chair mortelle en était comme transfigurée.

En repassant par la sacristie il s'arrêta un instant pour demander au Frère Gonzalez quelles commissions il lui donnait pour le Ciel. « Que vous recommandiez à Dieu cette ville et cette maison », répondit le Frère.

Le Père se remit au lit et passa toute la journée à s'entretenir doucement avec Dieu.

Cependant — le trait nous est rapporté naïvement par les anciens biographes — un Père du collège ne pouvait prendre son parti de voir le cher et vénéré malade, réduit par l'ordre du roi à quitter sa chambre et ses habitudes dans l'état si grave où il se trouvait. « Eh ! quoi, Seigneur, disait-il avec une nuance de reproche, comment pouvez-vous permettre que votre serviteur, après une vie si pleine de vertus et de mérites en soit réduit à une si pénible extrémité !... quand il vous eût été si facile d'attendre encore quelques jours ! »

Mais lorsque, dans la soirée du 6, ce bon

Père vint prendre des nouvelles et qu'il vit le malade tout près de sa fin, il se repentit des légers murmures qui lui étaient échappés, et rendit grâces à la Providence d'avoir si bien arrangé les choses.

Le matin du 7, le Frère infirmier trouva le Saint sans parole et sans mouvement, mais le visage si doux, si tranquille, avec un calme si merveilleux qu'il paraissait ravi en extase. On lui donna l'extrême-onction sans qu'on pût s'apercevoir s'il vivait encore, par d'autre marque qu'un très léger battement du cœur.

Cependant le bruit s'était à peine répandu au dehors que le P. Claver était à toute extrémité, et soudain, par la permission de Dieu, tous les sentiments de respect, de vénération et d'amour, qui, depuis quatre ans s'étaient comme assoupis (au point que cette ville de Cartagène, jadis remplie de son nom, semblait l'avoir oublié) ces sentiments se réveillèrent avec une si incroyable vivacité, que la population tout entière s'ébranla dans l'instant, avide de revoir, une dernière fois, celui qui avait été si souvent son apôtre et son sauveur.

Déjà, mus par un mouvement de l'Esprit-Saint, de tous les quartiers de la ville les enfants accouraient en foule au collège, criant à l'envi : *Le Saint se meurt, le Saint se meurt !*

A peine la cérémonie de l'extrême-onction avait-elle pris fin, que toutes les personnes qui étaient dans la chambre, religieux ou étrangers, s'emparèrent en un instant du pauvre mobilier de l'appartement pour se faire des reliques de tous les objets qui avaient appartenu au P. Claver. Celui-ci respirait encore, reposant doucement de ce sommeil extatique, où son âme, depuis longtemps prête à quitter son enveloppe mortelle, n'attendait plus qu'un souffle léger de l'Amour libérateur.

Mais déjà la foule se précipitait aux portes du collège, réclamant à grands cris la consolation d'assister à la mort de *saint Claver*.

Il fallut bien satisfaire à l'empressement de ce peuple enfiévré, qui voulait revoir son Saint, son apôtre, son thaumaturge, baiser ses mains, ses pieds, surtout obtenir à tout prix quelque relique.

Les Pères du collège eurent bien de la peine, avec le secours de l'autorité militaire,

à endiguer le flot des fidèles, qui, dans leur
exaltation, se fussent portés à de véritables
désordres. On dut forcer les gens à passer,
les uns après les autres devant le lit où le
Saint allait expirer, interminable défilé qui
se prolongea jusqu'à la nuit. Alors le gouverneur de la ville fit fermer les portes avec
ordre de ne les rouvrir qu'au jour levant.

Quelques amis privilégiés avaient obtenu
la faveur de demeurer dans la chambre pour
recueillir le dernier soupir du mourant. Et
lui, pour rompre les liens qui l'attachaient
encore à la terre, attendait l'heure où Marie,
selon la promesse divine, viendrait chercher
son enfant.

La fête de la Nativité allait commencer.

Vers minuit, le P. Recteur récite les
prières des agonisants. Un léger frémisse-
ment annonce que la vie touche à son terme.

Le triomphe est proche.

Quelques minutes encore, et dans cette
nuit bienheureuse qui vit naître la Mère de
Dieu, saint Claver, l'esclave des nègres, le
bon serviteur de Jésus et de Marie, rend son
âme à son créateur. Il était âgé de soixante-
quatorze ans, dont il avait passé cinquante-

deux dans la Compagnie de Jésus. Il avait
baptisé près de 400.000 nègres depuis son
arrivée en Amérique.

En cette nuit-là même, à vingt lieues environ de Cartagène, une négresse affranchie,
née au pays d'Angola, nommée Lucrèce,
que le Père Claver estimait particulièrement
à cause de sa grande piété, vit en songe les
habitants de la cour céleste, formant un merveilleux cortège tout éclatant de lumière,
qui surpassait en splendeur toutes les clar-
tés d'ici-bas.

Notre-Seigneur Jésus-Christ lui-même,
ayant à ses côtés saint Claver, vêtu d'une
robe étincelante, fermait la céleste théorie,
qui disparut bientôt dans les hauteurs du
firmament.

Dès son réveil, la négresse se hâta de
courir aux informations. Avait-on des nouvelles de Cartagène? Le Père Claver n'était-
il point mort?

On lui répondit qu'il n'était venu aucun
message de la ville, et qu'il faudrait attendre
jusqu'au samedi pour en recevoir.

Au jour dit, on apprenait que le Saint était mort dans la nuit du mardi 8 septembre, et que depuis cet événement toute la ville était en rumeur.

Sans regarder le fait comme miraculeux, ne peut-on penser qu'à l'instant même où le P. Claver venait de quitter la vie, Dieu avait voulu donner à la caste méprisée, dans la personne de cette humble femme, la douce assurance que l'apôtre des nègres était entré dans la gloire.

En 1747 le Pape Benoît XIV déclarait le serviteur de Dieu Vénérable, et proclamait l'héroïcité de ses vertus.

Le 21 septembre 1851, le Souverain Pontife Pie IX, après de rigoureuses discussions sur les faits de la cause, mettait Pierre Claver au rang des Bienheureux.

Le 15 janvier 1888, sur l'examen approfondi de nouveaux miracles, opérés depuis la mort du Bienheureux, Sa Sainteté Léon XIII lui décernait l'honneur suprême de la canonisation.

Enfin, par un décret de 1896, le même Souverain Pontife proclamait saint Claver patron de toutes les missions chez les nègres (1).

Le xxii° jour de novembre fut fixé pour cette fête par Mgr Dusserre, successeur du cardinal Lavigerie.

(1) La société Saint-Pierre-Claver, fondée avec permission spéciale du Souverain Pontife, le 29 avril 1894, fut approuvée définitivement par Sa Sainteté Pie X, le 7 mars 1910. Le but de cette association est de coopérer au salut éternel des nègres et à la rédemption des esclaves, en secourant de loin toutes les missions d'Afrique.

APPENDICE

BULLE DE CANONISATION

du B. P. CLAVER

Léon, évêque, serviteur des serviteurs de Dieu,
pour perpétuelle mémoire.

Œuvre divine de N.-S. J.-C., l'Eglise est formée et
nourrie par l'ineffable vertu de l'Esprit-Saint. C'est
d'elle que l'Apôtre dit : « Il y a diversité de grâces...
il y a diversité de ministères... il y a diversité d'opérations... Mais c'est un seul et même Esprit qui opère
toutes ces choses... Car Dieu a établi dans l'Eglise
premièrement des Apôtres, secondement des Pro-
phètes, troisièmement des Docteurs, ensuite ceux
qui font des miracles, puis ceux qui ont les dons de
guérir, de secourir, de gouverner, de parler diverses
langues, de les interpréter. »

Or, bien que la dignité de l'Apostolat, venant en
premier lieu, revendique à bon droit toutes les
autres grâces, ministères et opérations, et qu'elle
appartienne surtout à ceux qui ont planté l'Eglise
dans leur sang, elle est cependant justement accordée à ceux qui, poursuivant la même œuvre, ont, à
travers tous les âges, par l'exemple de la doctrine et

la mort glorieusement subie, porté la lumière aux
malheureux gisant dans les ténèbres de la mort, ou
qui ont vaillamment défendu les droits et la liberté
de l'Eglise contre les impies qui osèrent entrepren-
dre sur le nom chrétien.

Parmi eux, dans une éminente dignité et tout près
de saint François-Xavier, son frère en religion, brille
Pierre Claver, qui, comblé des dons de l'Esprit-Saint,
les a répandus avec une extrême charité pour l'ac-
croissement et la gloire de la religion catholique,
entourant de plus d'honneur les membres du corps
réputés les plus ignobles.

Il naquit au bourg de Verdù, en Catalogne, et fut
baptisé le 26 juin 1580. Il eut pour parents Pierre et
Anne Corbero, distingués surtout par leur piété et
par l'intégrité de leurs mœurs. Ils apportèrent un
soin particulier à l'éducation de leur enfant, du
moment surtout qu'après son enfance ils eurent
reconnu à des signes manifestes qu'ils élevaient un
saint. C'était le présage que donnaient l'excellence
et la suavité de son caractère, son extrême modestie
et gravité et particulièrement sa propension éton-
nante et manifestement divine aux choses célestes.

Adolescent, il reçut de son oncle paternel, chanoine de l'église cathédrale de Solsone, les premières
notions de grammaire et fut honoré de la tonsure
cléricale par l'évêque de Vicence, le 8 décembre 1595.
Dès lors, il mit encore plus de soin à éviter les consolations même inoffensives du monde, pour ne
chercher que les choses de Dieu et se donner plus
librement à l'oraison.

Dans la suite, envoyé par son père à Barcelone pour y étudier les belles-lettres, il en parcourut le cycle avec une distinction marquée, et, sous la conduite des Pères de la Compagnie de Jésus, il donna de nombreux et éclatants exemples des vertus chrétiennes.

Il entra dans cette même Compagnie de Jésus, qu'il avait désirée dès son enfance, le 7 du mois d'août 1602.

Ce que Pierre fut au noviciat, tous les actes du procès en témoignent. Il semblait y être venu non pas apprendre l'observance des règles, mais l'enseigner; tous, même les plus âgés, le regardaient comme un saint. Ses maîtres eux-mêmes engageaient les autres novices à se modeler sur lui, et ils n'avaient qu'une attention, empêcher que sous l'influence d'une ferveur excessive, il ne nuisît à sa santé par une oraison trop prolongée ou par des jeûnes et de sanglantes flagellations.

Ses deux ans de noviciat terminés, il prononça les vœux simples en l'an 1604; puis, après être demeuré quelques mois à Girone, il se rendit à Majorque pour y étudier la philosophie.

Il y trouva le Bienheureux Alphonse Rodriguez, et, par une inspiration divine, il demanda à son supérieur la permission de jouir de sa conversation et de ses entretiens. Il en retira les fruits de piété qui répondent surtout à la révélation qu'Alphonse eut d'en-haut. Ravi en extase, il lui sembla voir Claver son disciple, près d'occuper dans les cieux une place privilégiée et toute resplendissante. Ayant interrogé

le Père des Lumières sur la cause d'une telle récompense et d'une telle gloire, il obtint cette réponse :
que Claver avait mérité cette couronne et par les
vertus qu'il avait jusque-là pratiquées pour l'exemple et par celles qu'il devait exercer dans les régions
de l'Amérique pour le plus grand bien des malheureux qu'on y déportait si injustement.

Après cette vision, Alphonse s'employa de toutes
ses forces à persuader Pierre d'aller dans ces contrées.
Mais celui-ci dut attendre jusqu'à l'année 1610 où,
le P. Claude Acquaviva, général de tout l'Ordre,
l'adjoignit aux vaillants soldats qui partaient alors
pour le royaume de la Nouvelle-Grenade; Pierre
n'avait pas encore reçu le sacerdoce.

Quelle fut la joie de son âme à cette nouvelle,
l'ardent désir qu'il avait de gagner les âmes au
Christ permet à chacun de le conjecturer. Ayant
donc dit adieu, non sans larmes, à ses frères et à
son Supérieur, il se mit en route au mois
d'avril 1610, et après une longue traversée,
débarqua la même année à Carthagène ou Nouvelle-
Carthage, sur la côte de l'Atlantique.

Cette ville tient rang parmi les principales cités
de l'Amérique méridionale. Elle est pourvue d'un
port très favorable, où les marchands des Indes que
l'on nomme aujourd'hui encore occidentales, afflu-
aient pour la vente de leurs marchandises et surtout
des nègres, qui, arrachés d'Afrique, achetés à vil
prix et chèrement revendus, étaient, au mépris de
la charité chrétienne et de toute humanité, con-
damnés aux plus durs travaux, soit sous terre, dans

les mines, soit aux champs, exposés à l'ardeur d'un soleil brûlant.

C'est à ces malheureux, plongés pour l'ordinaire dans une horrible dépravation du corps et de l'âme, et animés d'une haine violente contre leurs bourreaux, que Claver, laissant loin derrière lui les exemples de ses devanciers, se dévoua et mérita justement par l'ardeur de sa charité d'être appelé leur apôtre et leur père.

Il commença le ministère apostolique trois ans après son arrivée, lorsqu'après avoir achevé son cours de théologie dans la ville de Santa-Fé et reçu le sacerdoce, le 19 mars 1616, il revint à Carthagène.

Il y demeura depuis son retour jusqu'à sa mort, c'est-à-dire quarante-six ans, s'y employant surtout à convertir les nègres et à les instruire dans la foi catholique. Dire quelle fut dans ce ministère, sa vertu, l'incroyable difficulté et l'étendue de ses travaux, est presque impossible. Il suffit de noter qu'il lava de sa main dans les eaux du saint Baptême, plus de 300.000 nègres et que, par son exemple, par ses prédications, par l'administration assidue et exacte des Sacrements, non seulement il les retint dans la foi catholique, mais encore leur en inspira suavement l'amour.

Ce n'est pas qu'il épargnât, quand il était besoin, les menaces et les châtiments. Il suivait en cela l'Apôtre qui dit dans la première épître aux Corinthiens : « Viendrai-je à vous la verge en main, ou en esprit de charité et de douceur? » Et à Tite : « Réprimande-les durement » ; conduite que l'Eglise

15.

a toujours approuvée tant par son enseignement que
par ses exemples contre les hérétiques et les hommes
de ténèbres, qui, grâce à la licence et à l'impunité,
s'efforcent de corrompre les mœurs et de détruire
la religion et par là même la société.

Aussi la sévérité de Pierre ne profita-t-elle pas
moins aux nègres que sa bienveillance et, pour ce
double chef, ils l'aimaient et le vénéraient.

Pour accroître son autorité, l'ensemble de toutes
les vertus se joignait en lui à une abondance de dons
extraordinaires dont peu de saints ont été gratifiés.
Qui pourrait, en effet, compter les miracles de cet
homme illustre? Qui pourrait dire ses prophéties,
ses extases, et cette lumière d'en-haut qui souvent
l'entourait, alors qu'il offrait le saint sacrifice ou
qu'il prêchait, ou qu'il léchait les plaies purulentes
des noirs. Car c'est jusque-là que l'amour du Christ
et du prochain, non moins qu'un désir admirable
de pénitence, poussa ce saint homme, et cela non
pas une fois ou deux — ce que nous admirons déjà
dans la vie des saints — mais très fréquemment.

Bien qu'il s'occupât surtout des nègres, il ne
négligea point les habitants de Carthagène, et c'est
justement qu'on le nomme aussi leur apôtre. Il
serait trop long de parcourir les grands et innombrables bienfaits qu'ils reçurent de Pierre : disons
d'un mot — ce que les actes du procès ont largement
prouvé — les habitants de Carthagène lui sont aussi
redevables que les Romains le furent à Philippe
de Néri.

Il n'a pas moins mérité des hérétiques et des

mahométans, qui, pour leur commerce, abordaient
à Carthagène (port, comme nous l'avons dit, très
fréquenté), ou qu'on y débarquait comme esclaves.
Il en gagna au Christ un très grand nombre, même
des plus considérables, et, plus d'une fois, sa seule
présence suffit à vaincre leur obstination.

Après tous ces faits, c'est justement, nous semble-
t-il, que nous avons comparé cet homme insigne à
François-Xavier, tant pour l'étendue que pour la
difficulté de ses entreprises. Il le suit encore de très
près par la rigueur de sa pénitence et son union
intime et constante avec Dieu. Il s'abstenait presque
totalement de nourriture et de sommeil; il passait
des nuits presque entières dans l'oraison et de sanglantes flagellations; de grand matin, néanmoins,
miraculeusement fort et dispos, il reprenait ses
labeurs apostoliques.

L'innocence de sa vie, sa parfaite observance des
règles de son Ordre permettent de le comparer à
saint Jean Berckmans; et qui hésiterait à le faire,
sachant qu'il affligeait si rudement son corps, que
non seulement il réprimait, mais encore qu'il éteignait les mouvements des passions dépravées, sachant
qu'il n'entreprit aucune de ses œuvres glorieuses,
qu'il n'eût auparavant, dévotement et la tête découverte, demandé à ses supérieurs la permission de
s'y employer. Habitude qu'il conserva jusque dans
sa vieillesse, alors que tous ceux qui fréquentaient
Carthagène, nobles, citoyens, habitants et barbares
mêmes, le regardaient et l'admiraient comme un
oracle de sagesse et le sanctuaire de la vertu.

Mais déjà notre héros entre dans la dernière partie de sa carrière. L'an 1650, qui fut sanctifié par le Jubilé, Pierre, en dépit de l'épuisement de ses forces, nullement ému par la crainte de la peste qui répandait partout ses ravages, s'adonne avec plus d'ardeur que jamais non seulement aux travaux apostoliques, mais encore à la pénitence pour détourner la colère divine.

Le mal le frappa, mais sans le consumer aussitôt; et durant quatre ans l'homme de Dieu endura les maux les plus nombreux et les plus cruels.

Il les supporta avec une extrême patience et dans un complet abandon. Dans ce temps de calamité, en effet, il n'y avait personne qui ne fût malade ou qui ne cherchât à se préserver, lui et les siens; quant à ses frères, ceux qui n'étaient pas encore atteints du fléau assistaient les pestiférés. Aussi, laissé aux soins d'un nègre pervers et cruel, eut-il à endurer la faim et même les injures, les outrages et les coups. Il souffrit tout avec joie, le regard fixé sur Jésus crucifié et sur la Mère des Douleurs : il se félicitait de leur être devenu semblable et de posséder ainsi un gage certain de la gloire céleste.

Cependant, bien que sa faiblesse ne lui permît plus de célébrer le Saint-Sacrifice, il se fortifiait souvent de la nourriture céleste; tous les jours, il se purifiait la conscience avec d'abondantes larmes. Tant qu'il le put, il se fit transporter dans l'église pour y recevoir les confessions des fidèles et s'occupa de procurer le salut des noirs.

Ayant appris qu'un grand nombre de ces malheu-

reux, de la nation des Ararais, gens presque sans
humanité ni religion, avaient débarqué à Carthagène,
il oublia ses douleurs et, plein de joie, se fit conduire
près d'eux. A sa vue, les barbares, mus par un instinct
divin, plièrent les genoux en signe de vénération.

Peu après, c'est-à-dire, le 22 août 1654, arriva
d'Espagne à Carthagène le P. Didacus Ramirez, qui
devait succéder à Pierre dans son ministère apostolique. Cette arrivée le combla de joie. Il estimait, en
effet, que le zèle d'un si grand homme saurait
admirablement pourvoir au salut des nègres dont
lui, Pierre, se disait l'esclave et qu'il aimait d'un
amour de prédilection. Mais l'arrivée de son successeur lui fit penser qu'il occuperait bientôt au Ciel ce
siège de gloire que jadis saint Alphonse avait vu et
qui devait lui être accordé pour les illustres
triomphes heureusement remportés dans les Indes,
à la plus grande gloire de Dieu, sur les infidèles et
les hérétiques.

Puisque nous avons fait mention du grand
Alphonse, il ne sera pas inopportun de remarquer
que, par une faveur de la Bonté Divine, sa vie
récemment imprimée, ainsi qu'un de ses portraits
très ressemblant furent remis à Pierre, peu avant
sa mort. Dès qu'il les eut vus, il s'écria doucement,
les yeux baignés de larmes, qu'il n'avait plus rien à
désirer sur terre, qu'il n'avait plus qu'à tendre tout
droit vers le ciel.

Il y entra le jour qu'il avait prédit, le 8 septembre,
fête de la Nativité de la Bienheureuse Vierge,
l'an 1654.

L'émotion que cette mort causa à Carthagène, dans
les villes voisines et dans toute l'Espagne, quand
elle y fut connue, est indescriptible. De toutes parts
on accourait voir le cadavre qui demeurait beau,
flexible et exhalait un délicieux parfum. Il fallut
mander des soldats pour contenir les foules qui se
pressaient en tumulte.

Lorsque le Recteur du collège voulut donner à
Pierre les modestes funérailles que comporte l'usage
de la Compagnie de Jésus, le préfet de la ville, ses
conseillers, et tous les notables s'y opposèrent fortement. Ils voulaient pour le saint religieux des
obsèques presque royales. Le Préfet et ses conseillers y assistèrent vêtus de noir, ainsi que le Sénat,
le clergé, les Ordres religieux et les Inquisiteurs. Les
nègres ne faillirent pas à leur devoir : avec une
pompe solennelle et une grande magnificence, ils
payèrent à leur bienfaiteur les honneurs funèbres
qui lui étaient dus.

Dans la suite, une enquête fut faite à Carthagène
par les soins de l'Ordinaire sur les vertus et les
miracles de Claver, et, après qu'eurent été remplies
toutes les formalités qu'exige le droit sacré pour
l'introduction de la cause, le 1er août 1694, au cours
de la controverse qui eut lieu dans la Sacrée Congrégation des Rites sur l'admission et la signature de la
Commission d'introduction de la cause, cette même
Congrégation répondit par l'affirmative, et en déféra
au Saint Père.

Le 21 du même mois, notre prédécesseur Inno-
cent XII signa de sa main la Commission. Le 3 octo-

bre 1698, des lettres de remission furent remises à
l'Evêque de Carthagène pour procéder à de nouvelles
enquêtes au nom du Saint-Siège. Ces enquêtes
dûment approuvées et les écrits examinés, on put
enfin discuter de l'héroïcité des vertus, et, le
24 septembre 1747, après avoir célébré le Saint
Sacrifice et conféré solennellement la consécration
épiscopale au cardinal dèlle Lanze, notre prédécesseur Benoît XIV remit au Secrétaire de la Sacrée
Congrégotion des Rites le décret suivant, écrit de sa
main : savoir, qu'il constait, dans le cas et pour
l'effet en question, de l'héroïcité des vertus, tant des
vertus théologales, la foi, l'espérance et la charité
envers Dieu et le prochain, que des vertus cardi-
nales, la prudence, la justice, la force et la tempé-
rance et de celles qui leur sont liées. Longtemps
après, on agita la question des miracles. Le 11 des
calendes de septembre 1848, le cardinal Constantin
Patrizi, rapporteur de la cause, demanda à la
Congrégation générale des Saints Rites s'il constait
des miracles, dans le cas et pour l'effet en question.
A cette demande, les PP. Cardinaux et les consulteurs répondirent par l'affirmative.

En conséquence, le même mois et le IXme dimanche après la Pentecôte, notre prédécesseur de glorieuse mémoire, Pie IX, — après avoir célébré le
Saint Sacrifice dans l'église de Saint-Pantaléon,
martyr, — où l'on faisait la fête de saint Joseph
Calassanct, assisté des Cardinaux Louis Lambrus-
chini, préfet de la Congrégation des Rites, et
Constantin Patrizi, rapporteur de la cause, ainsi que

d'André Maria Frattini, promoteur de la Foi, et de
Gaspar Fatati, secrétaire de la Congrégation des
Rites, prononça solennellement qu'il constait de
deux miracles du 3ème genre opéré par Dieu à l'intercession du vénérable Père Claver. (Suit l'exposé
des deux miracles).

Ce décret fut publié le sixième des calendes de
septembre de la même année.

A cause du funeste état des affaires publiques,
l'assemblée générale de la Sacrée Congrégation qui
devait déclarer si l'on pouvait procéder à la Béatification du vénérable Père Claver ne put se réunir
avant l'année 1850, soit, deux ans plus tard. Le
Souverain Pontife Pie IX présida; après avoir
entendu les Cardinaux et les Consulteurs, qui tous
se prononcèrent pour l'affirmative, et imploré la
lumière du Divin Conseil, le dimanche de la Très
Sainte Trinité, dans la grande chapelle qui porte le
nom du pape Sixte IV, il décréta solennellement
qu'on pouvait procéder à la Béatification du Vénérable Père Claver, et il ordonna de publier les
Lettres apostoliques en forme de bref, de la Béatification qui devait avoir lieu au Vatican, au temps —
déterminé.

Ce decret fut reporté dans les actes de la Congrégation, le 7 des Calendes de juin de la dite année.

Les solemnités de la Béatification furent célébrées
en grande pompe, au Vatican, le 21 septembre 1851.
Puis, comme l'on parlait de nouveaux miracles
obtenus par l'intercession du Saint, la reprise de la
cause en vue de la canonisation fut décrétée par

l'autorité Apostolique, la veille des Calendes d'octobre de l'année suivante; et permission fut accordée aux métropolitains de Philadelphie et de Milwaukee de procéder aux enquêtes canoniques sur deux autres miracles.

Ces enquêtes faites et approuvées, la cause resta suspendue jusqu'en l'année 1885, année où, toutes les formalités requises par le droit étant accomplies ainsi que d'autres qui furent accordées de notre autorité apostolique pour accélérer la cause, la voie fut ouverte à la discussion des miracles proposés.

Le premier de ces miracles s'accomplit en faveur d'une certaine Barbe Dressen, qui d'Allemagne, sa patrie, avait émigré à Milwaukee dans l'Amérique du Nord, pour trouver un meilleur sort. Dans ce pays elle jouit d'une santé excellente jusqu'à l'âge de soixante-dix ans, en 1850. A cette époque apparut sur sa joue droite un abcès, présage terrible mais certain d'un mal imminent. Les médecins jugèrent en effet qu'un cancer allait se déclarer; et ce pronostic fut confirmé bientôt par d'atroces douleurs, et une horrible ulcération. Comme les médecins affirmaient qu'il n'y avait aucun remède humain à employer contre ce mal, Barbe eut recours au B. Pierre Claver que ses miracles avaient rendu célèbre jusque dans ces régions. Ce ne fut pas en vain; car en touchant les reliques de Pierre, elle éprouva quelque soulagement.

Cependant peu après le mal fit de tels ravages que Barbe excitait la pitié de tous. L'aspect de sa joue presque complètement gangrenée était affreux, et l'odeur fétide qui s'en dégageait à peine supportable.

Barbe, de son côté, ne perdit pas courage. Elle continuait de se recommander à son patron, inébranlable dans la confiance que par son intercession elle finirait par obtenir la santé. Et l'événement ne trompa pas cette confiance : en l'année 1861, la dixième après le commencement de la maladie, en touchant de nouveau les reliques du Bienheureux Pierre, elle fut guérie totalement, et sa joue droite, auparavant hideuse et horriblement défigurée par l'ulcère qui la rongeait, apparut tout à coup, à l'admiration de tous, non seulement saine, mais plus intacte et florissante que ne le comportait l'âge de la personne.

Il faut admirer également, et peut-être davantage la guérison d'Ignace Streker. Lui aussi était Allemand de naissance et avait passé en Amérique pour gagner sa vie par son travail. En 1861 il était savonnier dans la ville de Saint-Louis. Pendant qu'il exerçait son métier, il donna de la poitrine contre une tige de fer avec tant de violence que bientôt on s'aperçut d'une lésion dans le sternum. Du sternum le mal se communiqua aux côtes, et ensuite aux poumons comme l'indiquaient manifestement une toux violente et d'autres symptômes encore. Tous les médecins qui le virent constatèrent la carie du sternum fort avancée et la décomposition des poumons. Tous désespéraient de le sauver.

Pendant ce temps la femme d'Ignace l'exhortait vivement à se recommander au Bienheureux Pierre; elle l'y portait par ses prières et en lui représen-

tant les miracles arrivés récemment. Le malade
consentit volontiers, et, en un temps où tout le
monde connaissait son état, il se rendit, quoique
presque incapable de marcher, dans le temple où
malades et affligés accouraient, et obtenaient les
meilleurs effets de leur recours aux reliques du Bienheureux Pierre. A peine Streker eut-il lui-même
touché ces reliques, qu'il se sentit tout renaître, et
put aussitôt, en parfaite santé, et sans la moindre
incommodité, se livrer aux plus rudes travaux. Il
s'y employa plusieurs années parfaitement joyeux
et en bonne santé.

Ces miracles furent discutés à deux reprises devant
les consulteurs de la Congrégation des Saints Rites,
dans la réunion préparatoire, en présence des Cardinaux, présidents de cette même Congrégation, et
ensuite dans les comices généraux devant Nous
assemblés le 9 août 1887, où Cardinaux et consulteurs donnèrent leurs suffrages. Après en avoir pris
soigneusement connaissance, nous prononçâmes
qu'il ne restait qu'à faire à Dieu d'humbles prières
en vue d'une sentence définitive. Enfin, le premier
novembre de la susdite année, consacré à la mémoire
de tous les Saints, après avoir offert l'Hostie salutaire
dans la salle d'honneur du palais pontifical du Vatican, entouré de nos chers Fils les Cardinaux Angelo
Bianchi, préfet de la Sacrée Congrégation des Rites,
et Miecislas Ledochowski, rapporteur de la cause,
en même temps que de nos chers Fils Augustin
Caprara, promoteur de la sainte Foi, et Laurent
Salvati, secrétaire de la même Sacrée Congrégation,

nous avons proclamé : « qu'il constait de deux miracles opérés par Dieu sur l'intercession du Bienheureux Pierre Claver; à savoir, premièrement : la guérison instantanée et parfaite de Barbe Dressen, femme octogénaire, d'un cancer épithélial sur la joue droite; secondement : la guérison subite et parfaite d'Ignace Streker, de la carie du sternum et des côtés du thorax gauche, compliquée d'une très grave lésion des poumons. » Décret qui fut rendu le même jour.

Ensuite (ce qui restait à faire selon les prescriptions du droit sacré), les comices généraux de la Sacrée Congrégation des Rites furent convoqués à nouveau le quinze novembre; et ledit cardinal Miecislas Ledochowski y proposa le doute suivant : Etant donné l'approbation de deux miracles, *post indultam venerationem*, peut-on procéder en sûreté à la canonisation solennelle du Bienheureux Pierre Claver? A quoi tous les assistants, tant cardinaux que consulteurs, en notre présence, répondirent d'une seule voix : On peut y procéder en toute sûreté.

C'est pourquoi, après avoir mûrement examiné la chose, et imploré derechef la lumière céleste, le 27 du même mois, premier dimanche de l'Avent, ayant offert le saint sacrifice, nous avons proclamé dans la même salle pontificale, en présence des susdits Cardinaux et Officiaux de la Sacrée Congrégation : qu'on pouvait procéder en toute sûreté à la canonisation solennelle du Bienheureux Pierre Claver.

Le 13 décembre de la même année 1887 nous avons réuni en consistoire secret les Cardinaux de la Sainte Eglise Romaine; et notre cher Fils le Cardinal Angelo Bianchi, préfet de la Sacrée Congrégation des Rites, y exposa en détail et avec clarté les hauts faits des nouveaux Saints, et alluma en tous un grand désir que la mémoire de tels héros fût consacrée par les honneurs souverains.

Peu après, savoir le 23 décembre de la même année 1887, fut tenu un consistoire public, dans lequel les Cardinaux, ayant d'abord, selon la coutume, entendu notre cher Fils Philippe Gioazzini, avocat de la cour consistoriale, déclarèrent unanimement leur souhait de nous voir décerner à l'invincible apôtre la couronne des Saints.

Sur le décret de cette illustre assemblée, nous convoquâmes le plus grand nombre possible de Patriarches, Archevêques et Evêques du monde catholique, en même temps que le Collège des Cardinaux, pour le consistoire appelé semi-public, qui fut tenu le 9 janvier de l'année courante 1888. Ceux-ci ont donné chaudement leur approbation, après avoir entièrement pris connaissance de la cause tant d'après les travaux du Consistoire public dont nous avons fait mention que d'après le mémoire du préfet de la Sacrée Congrégation des rites, dont chacun d'eux, par notre Ordre avait reçu un exemplaire. Nous avons décidé que le compte rendu de cette séance, rédigé par nos chers Fils les Notaires du Siège Apostolique serait conservé dans les Archives de la Sainte Eglise Romaine. Enfin après avoir fixé la date des fêtes de la Canonisation au quinze janvier de l'année courante, en la solennité du saint et redoutable Nom de notre Sauveur Jésus, nous avons exhorté tous les fidèles à s'y préparer par le jeûne et la prière et nous avons désigné les Eglises où pourraient se gagner les Indulgences.

Lorsque fut arrivé ce bienheureux jour, accompagné, solennellement des Prélats, Officiaux, Dignitaires de la Cour Romaine, de l'illustre Collège des Cardinaux, des Patriarches, Archevêques et Evêques, Nous avons pénétré dans le Parvis supérieur de la Basilique Vaticane, magnifiquement orné comme l'église elle-même.

Alors Notre cher Fils le Cardinal Angelo Bianchi, Préfet de la Sacrée Congrégation des Rites, et promoteur de cette cause, Nous a présenté par l'intermédiaire de notre cher Fils Philippe Gioazzini, avocat à la Cour Consistoriale le vœu des Princes, des vénérables Evêques, et de toute la Compagnie de Jésus, Nous demandant que le Bienheureux Pierre Claver, Profès de la dite Compagnie, que sa vie, ses vertus et ses miracles ont rendu illustre fût inscrit par Nous au nombre des Saints, en même temps que les sept Bienheureux fondateurs de l'Ordre des Servites de la Bienheureuse Vierge Marie, que les Bienheureux Jean Berchmans Scolastique et Alphonse Rodriguez coadjuteur formé de la même Compagnie. Et comme, deux fois encore, le même Cardinal, par l'intermédiaire du même avocat à la Cour Consistoriale, et dans les mêmes termes nous avait supplié de for-

muler le décret attendu et qui serait certainement
béni de Dieu; après avoir imploré la lumière du
Saint Parachet, après avoir invoqué l'aide de la Bienheureuse Vierge Immaculée, des Esprits célestes, et
de tous les Saints; pour la gloire de la Sainte et Indi-
vise Trinité, pour l'acroissement et l'honneur de la
Foi catholique, en vertu de l'autorité de Notre-Seigneur Jésus Christ, des saints apôtres Pierre et Paul,
dont Nous sommes dépositaire; après avoir délibéré
et pris conseil de Nos vénérables Frères les Cardinaux de la Sainte Eglise Romaine, les Patriarches,
Archevêques et Evêques, nous avons décidé de
compter parmi les Saints, en même temps que les
sept Bienheureux fondateurs de l'Ordre des Servites
de la Bienheureuse Vierge Marie, que les Bienheureux
Jean Berchmans Scolastique et Alphonse Rodriguez
coadjuteur formé de la dite Compagnie, le Bienheureux Pierre Claver apôtre des nègres. Nous avons en
outre décrété que la fête de Saint Pierre Claver serait
célébrée tous les ans le ix septembre et insérée à
cette date au Martyrologe; puis Nous avons pour
toujours concédé une indulgence de sept ans et sept
quarantaines aux fidéles qui vénéreraient ses reliques
en ce jour.

Puis, après avoir rendu grâce à la Toute Puissance
de Dieu, Nous sommes monté à l'Autel pour y offrir
le sacrifice non sanglant, et après la lecture de
l'Evangile, dans l'allocution que Nous leur avons
adressée, nous avons engagé tous les assistants à se
réjouir d'une si grande solennité et à en recueillir
des fruits aussi abondants que possible. Enfin Nous

avons accordé (très volontiers avec une grande bienveillance) la Bénédiction Apostolique et l'Indulgence
plénière et ordonné l'expédition des lettres Apostoliques sous Notre sceau.

Puisse le glorieux souvenir du Saint Héros, consacré par ces Lettres demeurer vivace dans vos cœurs,
et y être si bien entretenu par vous, Fidèles, qu'il
les embrase de l'amour de Jésus-Christ; « et que
vous vous dépouilliez du vieil homme avec ses
œuvres, et que vous vous revêtiez du nouveau qui
se renouvelle en avançant dans la connaissance,
conformément à l'image de celui qui l'a créé; là il
n'y a ni Gentil, ni Juif, ni circoncis, ni incirçoncis,
ni Barbare ni Scythe, ni esclave ni libre; mais le
Christ est tout en tous. »

C'est en suivant ce précepte de la Divine Charité,
d'où dérive la vraie liberté et une heureuse marche
vers la vie éternelle que les Apôtres et les Martyrs
ont propagé le Règne de Notre-Seigneur Jésus-Christ,
« qui par son sang nous a rachetés pour Dieu, de
toute tribu, de toute langue, de tout peuple et de
toute nation, et a été établi pour être le réconci-
liateur du peuple et la lumière des nations; pour
ouvrir les yeux des aveugles, pour tirer des fers ceux
qui étaient enchaînés, et pour faire sortir de prison
ceux qui étaient assis dans les ténèbres d'une dure
captivité. »

Et, si la vocation apostolique n'est le partage que
d'un petit nombre, c'est à tous néanmoins que
s'adresse ce précepte de la divine charité. Tous en
effet, par leurs prières, leurs aumônes, ou leur

influence doivent tendre à la propagation de la foi
Chrétienne; aussi doivent-ils favoriser les instituts,
sociétés et autres œuvres, fondées par la sollicitude
du Siège Apostolique, ou la piété des Fidèles, en vue
de porter dans leurs ténèbres aux infidèles la lumière
de la vérité et le secours de la grâce.

Aimez donc, mes très chers Frères, et vous tout
spécialement, Romains, qui avez été félicités de ce
nom par l'Apôtre, aimez votre foi et demandez à
Dieu par l'intercession de Saint Pierre, que les ennemis intérieurs du Nom chrétien, qui entre autres
crimes et impiétés, ont osé s'opposer à cette œuvre
admirable de Nos Prédécesseurs, qui s'appelle la
Propagation de la Foi, soient humiliés sous la main
toute puisante de Dieu, et se convertissent.

De nouveau nous confirmons et renforçons en
vertu de Notre autorité tout ce qui précède et Nous
voulons que toutes les copies ou exemplaires même
imprimés des présentes, pourvu toutefois qu'ils por-
tent la signature d'un notaire et le sceau d'un digni-
taire ecclésiastique, obtiennent la même créance que
tous accorderaient à Nos lettres elles-mêmes si elles
leur étaient produites et exhibées.

Qu'il ne soit donc permis à personne d'enfreindre
cette expression de Notre définition, décret, mandat,
élargissement et volonté; que si quelqu'un avait
cependant l'audace et la présomption de s'y opposer,
qu'il sache qu'il encourrait l'indignation du Dieu
Tout Puissant et de ses Saints Apôtres Pierre et
Paul.

Donné à Rome à Saint Pierre, le onzième jour des

16

calendres de février, l'an de l'Incarnation du Seigneur mil-huit-cent-quatre-sept, (1) de notre Pontificat le dixième.

(1) Année civile 1888.

TABLE DES MATIÈRES

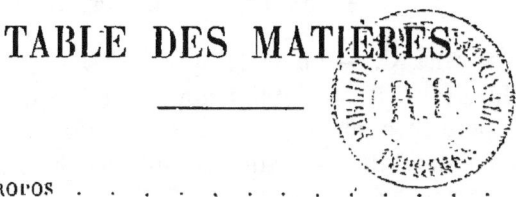

PREMIÈRE PARTIE

L'apôtre des nègres

DEUXIÈME PARTIE

L'APÔTRE DE CARTAGÈNE

TROISIÈME PARTIE

DERNIERS JOURS

APPENDICE

Evreux, Imp. de l'Eure, 6, rue du Meilet. — G. Poussin, Dr.

Librairie TÉQUI, 82, rue Bonaparte, Paris (VIe)

Ouvrages du même auteur

BIOGRAPHIES

L'Esclave des Nègres (saint Pierre Claver
de la Compagnie de Jésus) . . . . . . 2 fr

Le P. Henri Chambellan. 3e mille . . . 3 fr

Âmes Vaillantes (Ire partie) **Mrs Fanny
Pittar** (autobiographie). 3e mille . . . 2 fr 50

Âmes Vaillantes (IIe partie). **Mrs Pittar
et ses enfants**. 3e mille . . . . . . 2 fr 50

Le P. de Falvelly. 2e mille . . . . . 2 fr

ROMANS

Frère et Sœur. 4e mille . . . . . . 3 fr 50

Une famille de Brigands en 1793.
6e mille . . . . 3 fr 50

Émilienne. 3e mille . . . . 3 fr 50

Souvenirs d'un Vieux. (La Terreur,
l'Empire, la Restauration) 4e mille . 3 fr 50

Vendéenne. 2e mille . . . . 2 fr

OUVRAGES D'ÉDUCATION

Aux Mères. (Causeries sur l'éducation)
5e mille . . . . 3 fr

Nos enfants. 2e mille . . . . 3 fr 50

Aux jeunes filles. **Vers le Mariage** 5e m 3 fr 50

Aux Armes! Pourquoi nous sommes tentés
et comment résister aux tentations. 2e mille 1 fr 25

Évreux. Imprimerie de l'Eure, 6, rue du Meilet. — G. Poussin, D^r.

www.ingramcontent.com/pod-product-compliance
Lightning Source LLC
Chambersburg PA
CBHW071909020726
47502CB00003B/949